Le Col des Gentianes

Du même auteur :

Vidéo « Voyage vers les plus beaux lacs des Pyrénées »
Vidéo « L'Adour » Projet éducatif de sensibilisation à l'environnement.

Fabien Ader

Le Col des Gentianes

Roman

© 2021 Fabien Ader. Tous droits réservés.

Édition : BoD – Books on Demand,
12/14 rond-point des Champs-Élysées, 75008 Paris
Impression : BoD - Books on Demand,
Norderstedt, Allemagne

illustration couverture © : Fabien Ader

Traduction Occitan page 57 : Emma Dupay .

Traduction en Latin page 156 : Françoise et Madeleine

ISBN : 978-2-3223-7846-3

Dépôt légal : Octobre 2021

Pour Jeannette et Paul

Prologue

3 005 mètres

Le soleil commençait tout juste à éclairer les hauts sommets pyrénéens qui nous entouraient. Trois heures que l'on marchait le long du gave. On continuait péniblement notre escalade dans ce dédale de pierres. Face à nous, le pic de la Grande Fache se présentait une nouvelle fois. Il m'avait tellement manqué...

Il y a quelques années, j'avais abandonné l'ascension de ce sommet. Je me souviens de ce jour-là. L'escalade en solitaire que j'avais prévue au milieu de ces belles montagnes n'était pas rassurante. De plus j'étais, à cette époque, personnellement convaincu de mon inexpérience montagnarde. Eh oui ! Il aurait fallu que j'aie l'expérience d'un Russel[1)] ou d'un Packe[2)] pour le gravir. Alors j'avais, ce jour-là, annulé, avec regret, l'ascension de ce colosse. Ce pic pyrénéen d'un peu plus de 3 000 mètres d'altitude qui culmine au-dessus de la vallée du Marcadau. On dit que depuis son sommet, la vue est exceptionnelle.

Je me retrouvais une nouvelle fois face à celui que j'avais abandonné. Mais cette fois, j'avais l'expérience du vieux montagnard, le temps était radieux et je n'étais pas parti seul. Mon fils, Simon, était devant moi, guidant chacune de mes prises. Je n'aurais jamais imaginé ça. On grimpait tous les deux, pas à pas, avec une cadence régulière et soutenue. On longeait la paroi. La roche friable se désolidarisait parfois et chutait le long de la falaise. Il fallait se dépêcher, car j'observais avec attention depuis mon promontoire la brume que nous avions laissée un peu plus bas. Elle s'était immobilisée quelque temps, piégée au milieu des grands sapins, et voilà qu'elle reprenait de la vigueur. Elle avançait par vagues, sortant malencontreusement de sa prison de forêts. Soudain, provenant du pic, un cri de joie résonna et se déploya dans toute la vallée. Je relevai la tête en direction du sommet et regardai comme invité par l'écho. C'était Simon. Il levait les bras au ciel criant fièrement son bonheur d'être arrivé le premier. J'étais fier de lui, il m'avait largement devancé.

« Papa, papa, regarde ça, c'est merveilleux ! On voit le Vignemale[3], le Balaïtous[4] et on voit même le pic du Midi d'Ossau[5]. »

Loin derrière, je persévérais. Je continuais mon escalade. Les encouragements de mon fils soutenaient ma rude progression, atteignant à petits pas et une par une les marches érodées par les successives ascensions.

Dans une légère oscillation, j'accomplis mon dernier pas. J'arrivais enfin au bout. J'étais exténué et désorienté par l'effort. Accroupi, je reprenais mon souffle. Seul le sourire qui illuminait le visage de mon fils me stimulait.

« Tu es arrivé papa, c'est formidable ! »

Dans ma divagation, je ne l'écoutais plus, l'oxygène me manquait, puis, dans une courte lucidité, un semblant de phrase sortit de ma bouche :

« Je suis arrivé ?

— Oui papa, ça y est. Tu es à la pointe. »

Dans un dernier effort de curiosité, je me redressai enfin. J'étais arrivé au sommet, à 3 005 mètres d'altitude. J'observai alors, dans un profond silence, le panorama qui m'entourait. Ce spectacle remarquable que je jaugeais depuis le belvédère. J'étais fier. Je contemplais Simon exprimer la même joie de l'effort accompli. C'était son premier 3 000, celui que l'on ne peut pas oublier. Il m'enlaçait fièrement et moi je le félicitai avec enthousiasme.

Je reprenais petit à petit mes esprits, scrutant le paysage qui nous entourait. Puis j'attrapai, délicatement cachée au fond de mon sac, une bouteille de champagne, munie de deux coupelles.

« Papa, pourquoi as-tu apporté cette bouteille ?

— Il y a une coutume dans ces montagnes qui raconte que lorsqu'une personne atteint son premier 3 000, une coupe de champagne lui est offerte. Comprends-tu maintenant pour quelle raison je ne suis pas arrivé le premier ?

— Tu me charries. Tu ne vas pas me dire que c'est le poids de cette malheureuse bouteille et de ces deux coupes qui t'a ralenti !

— Bien sûr que c'est de leur faute, soupèse-la cette bouteille et tu verras bien ! »

Tout en ricanant, Simon souleva la bouteille et me dit :

« Tu n'es qu'un imposteur ! »

Assis au bord du précipice, je m'empressai de faire sauter le bouchon et de remplir de cette délicieuse boisson les deux coupelles. J'étais bien, là, assis à côté de mon champion, heureux de voir son impétueux sourire illuminer son visage.

« On trinque papa ?

— On trinque ! Bravo, je suis fier de toi. »

La vue imprenable était sensationnelle : d'un côté la vallée verdoyante du Marcadau et de l'autre la vallée aragonaise[6]. Ces montagnes animaient notre enthousiasme quand, curieusement, Simon me posa une étonnante question :

« Connais-tu la légende de Millaris ? »

Je lui dis que non et pourtant, ce conte pyrénéen était la principale légende racontée le soir dans les chaumières. Les enfants, blottis au coin du feu, heureux d'entendre la légende de Millaris : quel bonheur !

Cette histoire se transmettait depuis plusieurs générations. Elle était restée intemporelle, inchangée depuis des milliers d'années. On me l'avait racontée quelques fois et pourtant, je restais admiratif, comme un enfant, à chaque fois que j'entendais cette histoire. Je voulais simplement que mon garçon, si heureux, me la raconte encore une fois.

« Écoute attentivement, me dit-il. L'histoire parle d'un très vieux berger qui s'appelait Millaris. Il vivait à l'époque des géants et des arbres parleurs. Âgé de 909 ans, il montait chaque jour surveiller son troupeau dans les plus beaux et verts pâturages. Le vieux berger n'avait jamais vu la neige. En ce temps-là, l'hiver n'existait pas. Enfant, on lui avait prédit que le jour où la montagne se couvrirait d'un linceul blanc, il mourrait. Un matin, dans la montagne, le vieux berger gardait son troupeau. Quand, quelque chose de léger et de blanc se mit à tomber sur sa main. Surpris, il regarda sa main toute blanche. Il observa tout autour de lui. Il contempla alors le blanc tapisser la verte montagne. Il savait que cette neige annonçait la fin de sa vie et qu'aucun remède ou sortilège ne pouvait le guérir. Millaris appela au plus vite ses deux fils et il leur dit : "Aujourd'hui, mes enfants, je vais mourir. Ce soir, après m'avoir enterré, vous suivrez la plus noire de nos vaches et vous vous installerez à l'endroit où elle s'arrêtera." Le soir venu, la prédiction se réalisa : Millaris s'écroula dans la neige. Ses enfants exaucèrent le dernier vœu de leur père. Ils suivirent la vache la plus noire. Après deux jours de marche, elle s'arrêta très loin dans la vallée, au pied d'une source d'eau chaude. La neige avait toute disparu. Seule l'herbe demeurait. Ses enfants s'installèrent dans cet endroit fertile et ils y construisirent une ville. »

Trente-cinq ans plus tôt

1. Pallanne 1880

Réveillé par le bruit incessant des volatiles qui jacassaient sans cesse au-dessus de la fenêtre de ma chambre, je me hissai hors de mon lit, curieux du fervent vacarme du couple d'hirondelles qui avait niché là. Les oisillons animaient de leurs gazouillis tout un cérémonial culinaire qui enjolivait la douceur matinale. Émerveillé, je m'assis devant la fenêtre, profitant de ce va-et-vient continuel qui permettait de nourrir toute la petite famille.

Dans cette harmonieuse mélodie, j'admirais face à moi les collines de marguerites qui tapissaient de blanc les reliefs. Je contemplais ce paysage idyllique qui transportait mon regard vers l'horizon. Je distinguais, du haut de mon belvédère, la silhouette lointaine des pics pyrénéens qui me faisaient face. Je savourais cette vue panoramique, générosité colossale de ces géants de pierre : pic du Midi[7], Montaigu[8] et bien d'autres encore.

Perché sur les collines du Gers, mon petit village égaye à chaque saison sa beauté éphémère de son paysage champêtre. Entourée de forêts de chênes et de prairies fleuries, Pallanne renferme dans la tranquillité de sa commune la ferme où j'ai grandi. Je suis né dans cette ferme le 17 juin 1859. Je me souviens de cette enfance heureuse, entouré par toute ma famille. La gaieté de cette jeunesse merveilleuse qui s'ajoutait à la fidélité d'une famille soudée. Dans cette touche personnelle, le paysage colorait ce magnifique cadre. Je m'évadais souvent au milieu de ce site merveilleux, pour construire des cabanes au fond des bois ou pour pêcher la brème dans les petits lacs des environs. Quel bonheur !

Ma mère, Élise, était institutrice et mon père, Léopold, était agriculteur. Heureux, ils trouvaient dans la satisfaction générale de la famille un certain réconfort. Vivant simplement de leur travail et attentifs à ce que l'on ne manque de rien, ils savouraient chaque jour cette vie simple qu'ils avaient durement désirée. J'avais trois frères, Jean-Jacques, Pierre et Maurice, tous plus jeunes que moi. Je profitais souvent de leur naïveté pour leur apprendre toutes sortes de bêtises. Moi, je m'appelle Louis. Je sortais tout juste de la caserne d'Auch où j'avais fait mes classes, après avoir étudié à l'école de Mirande où j'avais décroché mon certificat d'études.

Je contemplais ce beau paysage le jour où l'envie de partir m'avait effleuré l'esprit. C'était à contrecœur que je quittais la campagne du Gers pour les Hautes-Pyrénées, et la vue de ces belles montagnes n'y était pas pour rien. Emerveillé depuis mon enfance, j'étais comme le marin désirant prendre le large, attiré par la mer qui l'appelle sans cesse. Ce sentiment d'envie de voyage qui se déclare quand il regarde avec passion le large.

Mon annonce de départ pour Tarbes ne faisait pas que des heureux. Attristée, ma mère se rassurait sur les épaules de mon père. Lui, il ne m'avait pas tellement retenu. Il était plutôt fier que l'un de ses fils quitte enfin le cocon familial. Et pour reprendre la ferme, mes trois frères étaient là. L'important pour mon père était que je trouve une situation confortable, ce qui me paraissait souvent exagéré. Il soutenait le choix de mon départ pour Tarbes, persuadé que cette ville pouvait m'apporter un confort durable et une certaine autonomie.

Persuasion qui se trouva efficace. Je peux aujourd'hui en témoigner.

Je préparais activement mes affaires dans une ambiance agitée. Ma mère venait de temps en temps, tout comme mon père, pour s'assurer qu'il ne me manquait rien. Mon sac prêt, j'attendais l'heure du grand départ. Ce jour-là, suivant la force du vent, les arbres se balançaient dans un va-et-vient continuel. J'avais l'impression que le temps s'arrêtait au bout de chaque oscillation. C'était affligeant, tout comme la pluie qui n'avait cessé d'arroser les champs déjà gorgés d'eau. Les oiseaux se cachaient, comme le soleil, derrière de gros nuages. Ils ne voulaient pas me saluer, c'était sûr. Tant pis, j'attendrais patiemment que la cloche de la comtoise sonne et je partirais. Le balancier qui m'enivrait au son des tic-tac de l'horloge enclencha subitement le mécanisme qui fit sortir le petit oiseau juste au-dessus de moi. Il me salua d'un sifflement providentiel, comme un au revoir. Ça y était, c'était l'heure du grand départ.

2. Le départ

Tarbes, ville située au pied des Pyrénées, vivait à cette époque d'une croissance importante qui animait le dynamisme et l'enthousiasme de tous ses habitants. Son développement industriel avait créé des milliers d'emplois. L'œuvre de ce considérable essor était due au ministère des Armées qui bâtit loin des frontières de l'ennemi de l'Est, les usines indispensables à la construction de son nouveau canon. Dans une harmonie générale, Tarbes avait bien changé et se développait énormément. Les constructions de nouveaux magasins et de nouvelles entreprises se déployaient dans toute la ville. Les belles demeures bourgeoises, jalousées par les ouvriers, se multipliaient dans chaque quartier. On pouvait voir dans cette dynamique des milliers de travailleurs qui sortaient et rentraient des usines comme des fourmis. Le soir venu, ils repartaient chez eux, certains à vélo, parcourant des dizaines et des dizaines de kilomètres, et d'autres quittant la ville par le train du soir, dont la gare était située non loin de là. Soutenue par deux garnisons de cavalerie de hussards[9], la ville renfermait dans ses murs son Haras national, destiné à l'élevage de l'anglo-arabe, cheval recherché pour son endurance sur les champs de bataille. Toutes les Hautes-Pyrénées profitaient de cette manne économique, d'industrie, d'élevage de chevaux pour les soldats et de fourrage pour le bétail.

J'avais la nostalgie des grands explorateurs de Jules Verne que je bouquinais le soir venu : *Le Tour du monde en quatre-vingts jours* ou *Vingt Mille Lieues sous les mers*. Cette soif d'aventures m'envahissait. Je partais avec les quelques économies de mes parents pour Tarbes, située à seulement quelques kilomètres de chez moi. Quelle tristesse quand je lisais *Vingt Mille Lieues sous les mers* et moi c'était à seulement quatre-vingts kilomètres de ma campagne. Et pourtant, ce jour-là, j'étais loin d'imaginer le bonheur et la satisfaction qu'allaient me procurer toutes ces années passées dans les Pyrénées. À découvrir des endroits aussi beaux les uns que les autres et à me fondre dans la vie quotidienne de ces simples gens qui ont égayé ma curiosité.

Je pris le train à Marciac. Ma mère m'avait préparé de quoi me restaurer.

« Prends ce sac, Louis, et surtout fais bien attention.

— Ne t'inquiète pas maman, ne t'inquiète pas. Je te promets de t'envoyer un courrier dès mon arrivée. »

Elle était chagrinée à l'idée de me voir partir. Ce jour-là, je comptais sur mon père et mes trois frères pour la réconforter. Soudain, j'entendis le sifflet qui annonçait enfin l'heure du grand départ. À moi l'aventure !

Je montai enfin. Quelques minutes plus tard, la locomotive avança doucement. Je regardai une dernière fois mes parents sur le quai, exprimant un dernier au revoir de la main. Quelque temps après, la locomotive accélérait pour atteindre à la sortie de la gare son rythme de croisière. Au loin, je regardai avec une certaine morosité la ville qui s'éloignait.

Assis confortablement sur mon siège, je déployai les pages d'un quotidien pyrénéen oublié par un voyageur étourdi. Il était mentionné sur la première page que le 12 du mois, après quelques travaux d'aménagement, le jardin Massey, promenade préférée des Tarbais, ouvrirait au public. Ce jardin exceptionnel de plus de 11 hectares, cédé en 1853 à la ville par Placide Massey[10] était d'une beauté remarquable. Agrémenté de grands arbres et d'une collection de fleurs aussi belles les unes que les autres, il enchantait la quiétude et les flâneries de ses curieux promeneurs. Je tournais les pages du journal et dans la rubrique des faits divers, il était mentionné : « *Le comte Henry Russel projette de creuser une grotte sur le flanc du Vignemale, massif pyrénéen de 3 298 mètres. Cette grotte sera destinée à protéger du vent et du froid les ascensionnistes.* »

Assis à proximité de moi, un voyageur ronchonnait derrière la page d'un autre quotidien qui mentionnait, à ses dires, à peu près la même chose. Il était stupéfié par ce qui était écrit.

« Quelle stupidité. Il creuse une grotte sur la paroi du Vignemale ! Il va simplement dénaturer cette belle montagne pour faire plaisir à tous ces aristocrates et bourgeois ! Quelle idée farfelue ! », dit-il furieusement.

Je ne comprenais pas la vive réaction de cet homme. Henry Russel avait parcouru toutes les Pyrénées. Il s'était fait une réputation de montagnard chevronné. Ce projet ne me surprenait pas du tout. Il avait d'après le journal l'aval des autorités, qui considéraient cette grotte d'intérêt public.

Après cette lecture et quelques heures de trajet à travers les petits villages du Gers et des Hautes-Pyrénées, la campagne verte et fleurie s'effaça petit à petit, pour laisser place à de grandes maisons industrielles. La locomotive siffla et le grincement des roues sur le rail annonça l'imminente arrivée à la gare de Tarbes. À peine descendu du train, je regrettais déjà d'être parti de mon village car les odeurs des fleurs et le silence s'étaient transformés en la puanteur nauséabonde de l'Arsenal et en un vacarme inaudible des voyageurs et des soldats qui montaient et qui descendaient des wagons.

3. La rencontre

Dans le hall de la gare, dans une incroyable cohue, des employeurs recherchaient leurs futurs ouvriers. C'est là que je rencontrai le fils d'un hôtelier, propriétaire de taxis. Il me sollicita dans ce désordre en m'interpellant plusieurs fois.

« Monsieur, monsieur ? S'il vous plaît monsieur ? »

Dans cet inaudible bruit, j'étais sourd à son élocution.

« Je suis navré, mais je ne vous entends pas ! Sortons tout d'abord ! Sortons de ce vacarme ! », lui dis-je.

À l'extérieur de la gare, réfugié dans un endroit moins bruyant, il me dit :

« Je m'appelle Georges, je suis fils d'hôtelier. Je suis à la recherche d'un ouvrier et j'aimerais savoir si vous seriez intéressé par un travail.

— Je vous écoute, dites-moi.

— La tâche consiste à récupérer des marchandises et des clients pour les conduire jusqu'à la gare de Pierrefitte[11]. »

Selon ses dires, cette entreprise était importante et beaucoup de voyageurs faisaient appel à ses services. Ils garantissaient un confort et une qualité réputés et reconnus par une large clientèle. J'étais surpris par ce garçon que je trouvais bien jeune pour autant de responsabilités. Il était à peine plus vieux que moi. Mais son élocution un peu orgueilleuse prouvait sa confortable situation. Le contexte et l'acharnement impétueux de ce jeune homme attestaient un réel engagement et une réelle détermination à trouver quelqu'un ce jour-là. Alors je lui répondis avec assurance :

« Je viens tout juste d'arriver. Je ne vous dis pas non. Mais j'aimerais bien faire un essai, si vous n'y voyez pas d'inconvénient ?

— Bien sûr qu'un essai est nécessaire, me répondit-il. Rendez-vous demain, huit heures, au *Café de la Gare*. Je vous y attendrai. »

Je m'installai quelques jours dans un hôtel à proximité de là et, dès le lendemain, après une bonne nuit de sommeil, je retrouvai Georges, comme convenu, au café.

Ce travail consistait à emmener des clients à Pierrefitte. Cette liaison permettait ensuite à Georges de les conduire à bord de taxis jusqu'à la ville de Cauterets[12].

Les premiers jours, je le rejoignais pour qu'il m'explique plus précisément le travail à accomplir et, après la première semaine, il me laissa tout seul. Quelques jours plus tard, sous l'insistance argumentée de celui-ci, Georges décida de me recruter. J'acceptai avec joie sa proposition. Basée non loin de Pierrefitte, son entreprise possédait six diligences. Grands, au confort assez modeste, ses taxis pouvaient contenir cinq clients et leurs bagages. Dans le convoi, une charrette permettait de transporter les marchandises. Six cochers effectuaient le trajet vers Cauterets. Je récupérais les marchandises et les clients à la gare de Tarbes. Ensuite on partait tous en train pour Pierrefitte. Georges m'attendait pour me donner la nouvelle liste de marchandises à récupérer pour le lendemain.

Le samedi et le dimanche étaient libres et j'avais tout le temps de découvrir les environs. Mon travail était plus ou moins important, suivant la saison. En automne, la clientèle fortunée laissait place aux familles ouvrières plus modestes qui profitaient de la baisse des prix.

Georges avait réussi à me dénicher un petit appartement situé sur la place Maubourguet, place principale de la ville de Tarbes. Il l'avait trouvé grâce à son beau-frère qui n'était rien de moins que l'adjoint au maire. Vu le monde qui cherchait un logement, je me suis contenté de celui-ci qui n'était pas des plus propres, un peu insalubre il est vrai, mais qui était beaucoup mieux que celui que l'on m'avait proposé dans une rue de l'autre côté de la ville, que l'on appelait la rue des Jardins, qui n'était rien d'autre qu'une rue de débauche où, tous les soirs, les hussards, arsenalistes[10] et travailleurs étrangers se retrouvaient pour boire du vin en chantant des chants partisans. Ces chansons, interprétées par des initiés fortement alcoolisés, fidèles à l'Ancien Régime, racontaient souvent la bravoure napoléonienne des champs de bataille. Ces orgies générales étaient souvent le fruit de bagarres qui faisaient, dès le lendemain, la une des journaux.

La place Maubourguet, carrefour principal, animait la ville. En face de mon appartement, au pied des grands hôtels, les diligences en partance pour les Pyrénées attendaient leurs clients. Les boutiques, qui entouraient la place, attiraient les jeunes femmes qui convoitaient la nouvelle mode venue de Paris. Elles se pavanaient devant les soldats en permission pendant que les coiffeurs s'occupaient de leurs maris. Le montreur d'ours affichait sa trouvaille le long des terrasses de café. Dans le coin d'une rue, le cireur décrottait les brodequins souillés de ses riches habitués. Plus loin, l'arracheuse de dents ambulante soulageait ses clients, attirant autour d'elle des dizaines de curieux sadiques. On entendait souvent, au dernier coup de tambour, le cri de terreur qui résonnait dans toute la place. Puis, sous le regard de son client soulagé, elle exposait fièrement la molaire cariée.

À force de côtoiement, Georges devint mon ami. Il s'arrêtait tous les samedis à mon appartement pour boire le thé. Grand bavard, il avait toujours quelque chose à dire et tout était prétexte pour venir me voir. Arrogant et insolent avec ses employés, on pouvait tout de même lui faire confiance. Il n'avait pas un si mauvais fond, à force de discussions, et avait même un air sympathique quand l'accent de ce riche bigourdan dépareillait de celui de ces bourgeois parisiens. Son père et son oncle avaient fait fortune grâce aux centres thermaux. Mode qui attirait depuis des années des milliers de curistes, familles de notables et riches étrangers. Ils venaient ainsi chercher dans les eaux sulfureuses des Pyrénées les soins nécessaires pour guérir leurs infections.

Georges avait une sœur, Jeanne. Belle femme séduisante. La première fois que je l'ai rencontrée, je suis tombé sous son charme. Elle n'avait rien de comparable à ces femmes mondaines, plutôt nature et un peu poète parfois. Elle était dotée d'une généreuse simplicité qui pouvait déstabiliser n'importe qui. Elle s'était mariée à dix-huit ans avec monsieur Paul, adjoint à la mairie de Tarbes. Georges m'avoua que, d'après les confidences de sa sœur, ce monsieur Paul était lunatique. Un jour tout allait bien et un autre jour, il se transformait en criant des grossièretés pour rien. Je me demandais s'il n'était pas simplement fou. Peu importe, grâce à ces relations, je pouvais dormir tranquille.

Huit heures du matin, je récupérais les marchandises chez divers grossistes de la ville : légumes, charcuteries, volailles... Je chargeais tout dans le wagon numéro 5. Vers treize heures trente, j'installais dans le train les clients que j'avais récupérés au *café de la gare*. Quelque temps après, dans un nuage de vapeur et au sifflement de la locomotive, le train sortait de la ville. Il entamait alors son chemin dans la verte campagne, traversant les petits villages de la plaine. Arrivé à la gare de Lourdes, un long arrêt s'effectuait, dans un silence déprimant. Dans cette ambiance délétère, on pouvait voir des milliers de pèlerins descendre des wagons. Ils se dirigeaient tous, en procession, vers la grotte, à la recherche d'un divin miracle. En 1862, l'Église avait reconnu officiellement les apparitions de la

Vierge. Au pied de la grotte, une prétendue source miraculeuse jaillissait. Elle attirait de plus en plus de fidèles à la recherche d'une prodigieuse guérison. Conscients de l'importance économique engendrée par tous ces pèlerins, les habitants avaient bâti des commerces et des hôtels afin d'accueillir toute cette nouvelle population. Accompagnés d'infirmières, les malades traversaient le quai. Ce triste spectacle m'inspirait de la pitié. J'avais hâte de quitter cette funeste scène. Le sifflement du train soulageait souvent mon impatience. Alors la locomotive redémarrait enfin, laissant derrière elle toute cette pénible tristesse. Quelques minutes après la sortie de la ville, les montagnes s'écartaient sur une vaste vallée fleurie. On longeait les eaux tumultueuses du gave de Pau. Le long de la voie, les vaches s'écartaient à l'arrivée de la locomotive. La vallée verdoyante s'illuminait dans un paysage stupéfiant. Ce décor de maisons construites en granit et en schiste, ces couleurs parsemées de gris n'altéraient en aucun cas la beauté de la vallée. Au contraire, elle activait dans ces généreuses couleurs le désir de savourer d'autres lieux. On arrivait enfin à Argelès[14]. À droite, perchée sur une colline, la commune de Saint-Savin surplombait toute la vallée. Je commençais à sentir dans ce paysage ce brin de liberté qui me manquait tant. Je descendais avec les clients à Pierrefitte juste pour décharger les marchandises en compagnie de Georges. Ensuite, je repartais, déçu de ne pas avoir profité un peu plus de cette belle vallée. J'arrivais en fin d'après-midi à la gare de Tarbes. Je rentrais exténué de ma journée, longeant le trottoir jusqu'à mon appartement. Ce travail était assez facile comparé à d'autres bien plus durs que ça à cette époque. J'étais assez bien payé et les pourboires des clients qui étaient contents de leur voyage amélioraient chaque mois mon train de vie. Tous les soirs, quand je rentrais chez moi, le long du trottoir, je lorgnais derrière la vitrine d'un photographe un daguerréotype[15)] que je désirais m'offrir. Au bout du troisième mois, je refermais derrière moi la grande porte du magasin avec l'appareil sous le bras.

4. Saint-Savin

Je passais mes deux jours de repos à Tarbes et dans ses environs. Georges me rejoignait le samedi et nous étions souvent invités à dîner chez Jeanne et Paul, son beau-frère lunatique. Déstabilisé par Jeanne, je n'osais pas m'infliger cette laborieuse situation trop souvent. J'étais comme ensorcelé par son doux regard, que j'évitais à chaque fois que je prenais ou qu'elle prenait la parole. Les jours suivants, mes bégaiements répétés me trahirent. Elle comprit très vite que je n'étais pas indifférent à son charme.

Oui, l'amour m'avait frappé. Cette furieuse maladie me fit prendre conscience que je n'étais pas maître de la situation. Le seul problème pour moi, c'est qu'elle était mariée. J'étais désemparé, fragilisé par les sentiments d'un amour impossible. Le jour suivant, je partais souvent à la recherche d'un peu de liberté, flânant au bord de l'Adour ou au jardin Massey. Tarbes était dotée d'une grande bibliothèque où je pouvais m'adonner à ma distraction préférée, la lecture. Les livres ne manquaient pas et toutes sortes de sujets y étaient traités. Les histoires pyrénéennes attiraient le désir d'aventure qui me manquait tant. Je m'adonnais alors à ce passe-temps si particulier, plongé dans ces montagnes si exceptionnelles qui enchantaient mon imagination.

Assis dans le train, je tournais une à une les pages d'un livre emprunté à la bibliothèque. Il parlait d'un ermite du nom de Savin qui aurait vécu entre le Ve et le IXe siècle sur les hauteurs à proximité d'Argelès. La curiosité de ce lieu que je contemplais chaque jour depuis la gare m'avait séduit. Je voulais justement en savoir un peu plus sur cette histoire. Je continuais à tourner les pages. Il était écrit : « *Après la mort de son père, comte de Barcelone, Savin reçut de sa mère, pieuse, une éducation chrétienne. Adolescent, il partit retrouver son oncle Hentilius, comte de Poitiers. Quelques années après, Savin entra au monastère de Ligugé[16] pour continuer son enseignement ecclésiastique. Il y resta trois ans. Désireux de vivre d'une façon anachorétique[17], il demanda à vivre dans un lieu reculé, en ermite. Pour satisfaire Savin, l'abbé de Ligugé l'expédia au monastère de Bencus, dans les Pyrénées. Les moines de Bencus ne gardèrent pas Savin au monastère et l'envoyèrent dans un lieu solitaire à proximité, sur le flanc d'une montagne que l'on appelait "Pouey-Aspé[18])". L'anachorète vécut dans cette montagne pendant treize ans, prêchant la bonne parole dans la vallée. À sa mort, les moines vinrent le chercher et l'ensevelirent dans un sarcophage de pierre à l'intérieur de l'église. Connu dans toute la Gascogne, le petit village de Bencus prit le nom de Saint-Savin.* »

Je continuais à lire le livre, envoûté par l'histoire qu'il contenait. Une heure plus tard, le train sifflait l'arrivée à

Pierrefitte. C'était souvent navrant de voir débarquer tous ces aristocrates et bourgeois dans les Pyrénées, ne profitant que des thermes sans visiter d'autres lieux. Seuls quelques notables flânaient et profitaient de toute cette nature.

Ce jour-là, justement, un jeune retraité, féru d'histoire, partait vivre avec sa femme dans une vieille bâtisse familiale. Intrigué par le livre que je lisais, il m'avait aiguillé sur les quelques questions essentielles que je me posais.

« Venez avec nous, me dit-il. Venez avec nous ! Je vois que vous êtes intéressé par cette histoire. »

L'invitation du couple et les odeurs qui se dégageaient de cette luxuriante nature ne me laissèrent pas indifférent. C'était un vendredi. Après tout, j'avais fini ma semaine de travail. Aucune obligation ne me retenait. J'avais envie de découvrir ce lieu.

Alors, avec un certain enthousiasme, je déchargeai avec Georges les dernières marchandises du wagon. Puis, convaincu, je partis avec le couple vers le petit village de Saint-Savin. L'homme s'appelait Adrien, il venait juste de quitter son emploi d'architecte historique au Centre du patrimoine de Toulouse. Sa femme s'appelait Françoise, ancienne institutrice qui avait démissionné pour suivre son mari.

« N'est-ce pas mieux ainsi, me dit-il. Vous profiterez du voyage et de tout mon savoir pour découvrir ce site exceptionnel.

— Vous ne le regretterez pas, j'en suis sûre, me dit Françoise. Adrien a fait ses études d'histoire à Paris. Il y a quelques années, il avait préparé une thèse sur les différents saints qui ont évangélisé les coins les plus reculés de France. Saint Savin, bien sûr, en faisait partie. Adrien se pose toujours des questions sur certains sujets qu'il ne maîtrisait pas à l'époque. Il veut rentrer dans l'abbatiale, pour je ne sais quelle raison. Il m'a surtout avoué que cet endroit lui manquait. »

Je ne pouvais pas rêver mieux. Sa grande connaissance de ce lieu pourrait justement m'apprendre plein de choses.

« Dans le train, je vous sentais intrigué par ce livre, me demanda Adrien.

— Oui bien sûr. L'histoire qu'il contient pourrait surprendre plus d'un novice comme moi. Mais je vais vous avouer qu'au début, c'est en simple curieux lecteur que j'ai pris ce livre. Je suis un amoureux des vieilles histoires légendaires et des parcours atypiques. Ce qui est fabuleux dans les Pyrénées, c'est qu'il s'y cache des tas d'histoires et qu'il n'y a plus qu'à les cueillir. C'est pourquoi j'ai choisi ce livre.

— Je vous comprends, mon cher Louis, me dit Adrien. C'est le but d'une recherche et d'un parcours le plus familier et le plus extraordinaire. On peut se projeter facilement dans ce genre d'histoires. Je ferai de mon mieux pour vous éclairer. »

Pour atteindre le village, la route abîmée serpentait au milieu de bergeries. Nous croisions souvent sur cette route toutes sortes de promeneurs. Leur présence animait le quotidien de cette vallée. Nous ne pouvions que constater que l'existence d'un lieu de culte à proximité attirait de nombreux pèlerins, simples voyageurs ou mendiants.

Perché sur une colline, le petit village de Saint-Savin n'avait rien à envier aux autres villages de la vallée. Tellement magnifique, belvédères somptueux et maisons en pierre de taille. Au fond de la place centrale, culminait l'église. On était tout de suite submergé par l'association architecturale et la force spirituelle qui s'en dégageaient. L'architecte avait utilisé tous les symboles pour composer ce chef-d'œuvre. L'ombre et la lumière pour mettre en évidence les reliefs muraux ou les décors. Seule l'église, l'abbatiale et une partie du monastère subsistaient encore. Le cloître et la partie réservée aux moines bénédictins[19] avaient disparu, détruits après que de terribles tremblements de terre eurent secoué la région.

On descendait de la calèche pour atteindre le portail de l'abbatiale. Accrochée contre la façade, une sculpture représentant le Christ nous surplombait.

« Après vous ! », me dit Adrien.

Je rentrai enfin. Submergé par la beauté du site, j'observai les lieux attentivement. Le mur de l'église était appuyé sur douze contreforts qui soutenaient la poussée des voûtes.

« Le nombre de douze n'a pas été pris par hasard, me dit Adrien. L'architecte avait en vue la symbolique chrétienne des douze apôtres. La basilique existait depuis une époque bien reculée. Regardez le bénitier ! Il est orné d'une sculpture représentant des cagots.

— Qui sont les cagots, Adrien ?

— Les cagots étaient les parias de la société, malades souffreteux ou simplement différents des autres. Ces misérables étaient souvent dédaignés et chassés par la population autochtone. Même les sanctuaires leur étaient interdits.

— Comment pouvez-vous prouver que sur ce bénitier, ce sont bien des cagots qui sont représentés ?

— Regardez leurs tenues, regardez ! Elles ne correspondent pas aux vêtements de moines ni à celles de villageois. Elles ressemblent plus à des habits païens.

— C'est curieux. Les paroissiens de Saint-Savin faisaient le signe de croix en prenant de l'eau bénite dans cette vasque. Pourtant, vous me dites que les cagots étaient méprisés et chassés par la population et qu'ils ne rentraient même pas dans les sanctuaires. Voilà que ce bénitier est bien surprenant !

— Oui, ce mobilier est bien curieux ! me confirma Adrien. Mais sachez que dans certains villages pyrénéens, les cagots pouvaient être bien considérés. Ils étaient réputés pour leurs connaissances et leur savoir-faire. Habiles de leurs mains, ils travaillaient la pierre, la charpente et le bois. Ils bâtissaient des églises et même étaient convoités pour la conception des cathédrales. Aussi, certains d'entre eux protégeaient les populations des multiples pillages et invasions commis dans la vallée. »

On continuait notre visite. On observait les consoles sculptées et la rangée de lucarnes qui éclairaient l'église. On pouvait facilement comprendre que cette construction était postérieure à la basilique et que ces derniers travaux ressemblaient à de vrais moyens de défense. Ils avaient dû être ajoutés en vue de résister aux attaques ennemies. Sur la partie méridionale et sur toute la largeur de la corniche se trouvait le mâchicoulis. Le but de ce genre de défense était de pouvoir jeter sur l'ennemi des projectiles ou de l'eau bouillante.

Soudain, Adrien m'interpella :

« Venez voir Louis, venez voir ! »

Il se trouvait à proximité de la muraille nord. De son engouement répété, et curieux de ce qu'il avait découvert, je m'avançai à sa rencontre.

« Regardez la magnifique fresque, Louis ! »

On regardait les quelques restes de peinture accrochés, gravés sur le mur de l'enceinte. On pouvait y deviner les traces d'un cheval avec son cavalier armé de gros éperons.

« Certains connaisseurs disent que c'est Charlemagne, me dit Adrien. Cette fresque représente sa venue à Saint-Savin. »

Surpris par l'histoire que racontait Adrien, je cherchai avec une insatiable curiosité dans mon livre emprunté à la bibliothèque, un passage qui pouvait relater ces dires. Quand tout d'un coup, dans ma recherche, je fus récompensé et une sorte de joie étouffée, irrespectueuse du lieu divin où je me trouvais, s'échappa de ma bouche :

« C'est là, regardez Adrien ! C'est écrit là, sur ce livre. Écoutez : *"En l'an 700, les Sarrasins pillèrent l'abbaye, emportant les richesses accumulées depuis des siècles. Charlemagne, qui rentrait d'une campagne en Espagne, s'arrêta à Saint-Savin. Pris de dévotion, il octroya des richesses pour la rénovation de l'abbaye."*

— Mais ce n'est pas la seule invasion que connut l'abbaye, me dit Adrien. J'avais étudié il y a quelques années des documents qui mentionnaient une invasion normande au milieu du IXe siècle. Après la mort de Charlemagne, en l'an 814, ses descendants, les rois carolingiens, ne s'entendaient plus et les conflits ne cessaient pas dans le royaume franc. C'est à ce moment-là que les Normands, profitant de cette faiblesse, déferlèrent plusieurs fois dans tout le royaume. À cette époque, le port de Bayonne, occupé par ces barbares, servait de base arrière pour les multiples expéditions. L'une d'entre elles aurait remonté le fleuve de l'Adour et dévasté les villes et villages de la Bigorre. Et une autre serait passée par le gave de Pau pour dévaster le Béarn[20] et le Lavedan[21]. Ils pillèrent tout d'abord l'abbaye de Saint-Orens[22] ensuite l'abbaye de Saint-Savin. Après avoir brûlé manuscrits et reliques, les Vikings se mirent à torturer jusqu'à la mort les moines qui s'y trouvaient. Les habitants des villages étaient soit tués, soit faits prisonniers et enrôlés pour servir d'esclave dans les pays scandinaves. Leurs méfaits accomplis, les barbares seraient remontés un peu plus haut dans la vallée, à la recherche d'autres fortunes. Cauterets fut à son tour ravagé par la terreur normande. Les assassins partirent ensuite plus au nord, dévastant villes et villages. Tarbes en fit les frais. Puis ce fut le tour pour l'abbaye de Saint-Sever-de-Rustan[23] de subir les ravages de ces envahisseurs. Déroutés et lourdement chargés par les nombreux butins amassés, ils se firent surprendre par des guerriers bigourdans avides de vengeance. Leur invasion se serait subitement arrêtée, d'après les historiens, près de la ville de Vic-en-Bigorre. Plus tard, plus au nord, d'autres expéditions normandes furent anéanties. »

Captivé par tout ce récit, j'étais curieux du moindre détail qui animait cette visite. La connaissance historique d'Adrien sur l'abbaye de Saint-Savin me saisissait, les dates, les rapports d'étude, son élocution, tout y était. Il continuait sans cesse à enrichir ce patrimoine d'anecdotes et d'histoires qu'il dévoilait aux curieux visiteurs. Alors on le suivait aux quatre coins de l'abbatiale, espérant une observation ou un commentaire relatant un nouveau chapitre. Je ne regrettais vraiment pas sa compagnie. D'un bon entrain, il continua son exposé :

« Nous voilà maintenant en face du tombeau de saint Savin. Je parle de l'autel de l'église. De chaque côté du sarcophage, nous pouvons voir les deux plus beaux objets d'art qui se trouvent dans l'enceinte. Je parle de ces tableaux accrochés au-dessus de l'autel. Ils sont décorés de huit scènes. Chacune de ces scènes représente les miracles et la vie de saint Savin. Ces peintures sur bois datent du XVe siècle et se lisent chronologiquement du bas vers le haut. Puis nous avons d'autres tableaux assez grands qui ornent le sanctuaire. Ils représentent toujours saint Savin dans différentes positions de sa vie monastique. On peut aussi admirer l'orgue, l'un des plus vieux de France, qui culmine au-dessus de tout cet ensemble. »

La visite de l'abbaye se terminait à l'extérieur. On remarquait, au milieu des ruines du cloître, les allées du jardin. Je regardais derrière la pointe du clocher le soleil qui se cachait derrière la montagne. Il se faisait tard, je devais repartir pour

Tarbes. Il fallait absolument que le couple me ramènent à la gare pour prendre le train du retour.

Adrien me proposa avec insistance de rester avec eux. Françoise avec détermination souligna :

« Oui ! Restez dormir cette nuit. Vous pourrez profiter demain de la visite du Pouey-Aspé avec mon mari. Ensuite, vous n'aurez qu'à repartir dans l'après-midi pour Tarbes !

— Ça serait dommage de nous quitter maintenant, Louis ! », rajouta Adrien.

La proposition du couple était plus que convenable et attisait l'envie de poursuivre cette fin de journée en leur compagnie. Même si je n'osais pas profiter de cette situation-là, j'acceptai avec plaisir. Je voulais absolument continuer cette aventure pour découvrir l'endroit où saint Savin avait vécu treize ans en ermite.

« J'accepte bien volontiers et vous remercie de cette proposition. Je voulais vous dire que j'ai passé un agréable moment en votre compagnie. Je peux vous assurer, Françoise, que je n'ai jamais rencontré un guide aussi remarquable qu'Adrien.

— Je vous l'avais dit, Louis, que vous ne regretteriez pas cette escapade. »

La visite de l'abbatiale se termina sur ces mots. Instantanément, Adrien s'empressa de récupérer une calèche afin de rejoindre la maison familiale. On traversa le village. Ensuite, on descendit sur un petit chemin. La maison se distinguait entre les arbres et les bosquets d'une petite allée. Elle se découvrait au milieu d'un vaste pré. Elle était petite, une bergerie y était adossée, sublimant davantage le charme de cette demeure. Usées par le temps et les années, quelques ardoises avaient malencontreusement disparu.

Les yeux d'Adrien s'exclamaient de souvenirs en regardant la vieille bâtisse. On voyait qu'il était ému de la retrouver enfin. Mais il cachait bien ce sentiment de nostalgie et pour ne pas se faire remarquer, il s'empressa de remercier le cocher de quelques pièces et de décharger les valises. Un instant après, le taxi repartait au loin.

Inquiet, Adrien voulait contourner la bergerie à la recherche d'éventuels dommages causés par la pluie et le vent.

« Suis-moi Louis ! Suis-moi ! »

Je suivis alors Adrien au milieu d'épaisses broussailles. Avec les années, ces herbes s'étaient déployées autour de la demeure. Adrien inspecta consciencieusement la vieille façade et le toit. Quelques réparations étaient à envisager mais rien de bien grave.

« Les fondations datent du VIIe siècle, me dit Adrien.

— Comme l'abbatiale ?

— Oui, Louis, c'est exact. Cette maison a été érigée avec la même pierre après les fameux tremblements de terre.

— C'est extraordinaire ! Il y avait donc, au même emplacement, un autre bâtiment plus vieux ?

— Oui, c'est bien ça Louis ! Elle a été reconstruite sur les fondations d'un atrium[24]. Tout autour de toi, tu peux imaginer, grâce aux tas de pierres qui délimitent le terrain, une villa romaine. J'ai passé toute ma jeunesse dans cette maison. Mes grands-parents étaient bergers et ont vécu ici toute leur vie. J'y tiens beaucoup. C'est pour cette raison que je reviens. Pour qu'elle retrouve sa fraîcheur d'antan. Vivre dans cette demeure est pour moi un rêve enfin accompli. J'ai vécu trop longtemps à Toulouse. Cette ville était irrespirable, j'étouffais, je ne m'y retrouvais plus, perdu entre les murs de notre appartement. Il fallait absolument que je retrouve une certaine liberté. Regarde tout autour de toi : la montagne, les cascades, les forêts, les ruisseaux, les animaux qui s'y cachent. Tout est exceptionnel. Ce paysage est si extraordinaire. Toute cette beauté. Tu ne peux pas savoir à quel point ce pays me manquait. »

    Je l'écoutais avec une certaine émotion. Ça me rappelait le jour de Noël. Cette joie enfantine, les yeux des enfants qui brillent à l'ouverture de chaque cadeau. Aujourd'hui, c'étaient les yeux d'Adrien qui scintillaient comme ceux d'un enfant. Bouleversé, il contemplait cette maison, son rêve enfin assouvi.

    Ce désir qu'il partagea curieusement avec moi mit mal à l'aise sa sensibilité qui se dévoilait à chaque mot. Alors il reprit avec une autre tonalité l'histoire qu'il avait bien entamée. Il me raconta avec précisions plein d'anecdotes. On traversa la cour. On pouvait lire, justement, la date de construction sur la voûte au-dessus de la porte d'entrée : 1310. Adrien s'arrêta devant le perron. Il eut, dans un bref instant, un moment de silence quand il prit la plus grosse clef du trousseau qui l'accompagnait. Il l'enfonça dans la serrure. On entendit clairement les deux clics qui libérèrent le barillet de la vieille serrure, suivis du grincement de la porte que s'empressait d'ouvrir Adrien. C'est alors qu'un amas de poussière s'en dégagea, à mesure qu'il la poussait.

« Depuis quand n'es-tu pas venu, Adrien ?

— Oh ! Je ne sais plus à vrai dire ! J'ai l'impression que c'était hier et pourtant en voyant toute cette poussière, je dirais une bonne trentaine d'années. J'étais jeune quand mon grand-père nous a quittés. Je crois que j'avais tout juste quinze ou seize ans. Après sa mort, mon père avait délaissé cette bâtisse. Je me rappelle y être revenu seulement quelquefois pendant les vacances. »

Adrien, dans un dernier effort, finissait d'ouvrir entièrement la porte.

« Entre Louis ! Entre ! », me dit-il.

Je découvris dans la pénombre ce qui me semblait être la cuisine. Elle était restée d'époque avec une vieille table en son milieu. La poussière s'y était accumulée.

« Nous allons ouvrir toutes les fenêtres, me dit Adrien. Nous y verrons mieux. »

On s'affaira ensuite à l'aération de toutes les pièces de la maison. Françoise commença par dépoussiérer la cuisine et les deux pièces qui semblaient être des chambres. Nous, on s'occupait de la pièce principale. Adrien s'arrêta devant un vulgaire tableau, sali par la poussière. Il le nettoya ardemment avec un chiffon. Curieux, je m'approchai pour découvrir le dessin qui s'y trouvait. Mais rien n'y apparaissait.

« Adrien, on n'y voit rien sur ce tableau !

— C'est vrai, ça fait un moment qu'il n'y a plus rien à voir sur ce modique tableau. Pourtant, mon grand-père n'a jamais voulu s'en séparer. J'ai un souvenir bizarre devant cette antiquité. Je me rappelle il se fâchant souvent avec ma grand-mère au sujet de celui-ci. Elle voulait absolument qu'il se sépare de cette vieillerie. Lui refusait à chaque fois que le sujet était abordé.

— Mais pourquoi ne pas le restaurer ? Tu pourrais peut-être voir cette peinture ?

— Tu as peut-être raison, mais une restauration sur une fresque qui date de plusieurs siècles va me ruiner !

— Si ton grand-père l'aimait tant, c'est qu'il y avait peut-être une raison ?

— C'est vrai, Louis, pourquoi ne pas essayer. Après tout, peut-être que cette restauration ne coûtera presque rien. »

Il décrocha le tableau du vieux mur de pierre et le déposa à ses pieds. Il poursuivit ensuite le nettoyage de la pièce. Une heure plus tard, nous finissions notre corvée.

« Merci, Louis, de nous avoir aidés. Je crois que sans toi, on y serait encore, me dit Adrien.

— On peut dire que cette bâtisse est restée dans son jus ! »

Dans un heureux soulagement, Françoise me répondit :

« Tu as bien raison, Louis ! Cette maison est restée inhabitée depuis bien longtemps. Elle est, comme tu as pu le constater, pleine de surprises !

Le couple finissait tranquillement de s'installer. Ils allumèrent le feu dans la vieille cheminée pour préparer le repas du soir. Quand tout à coup, un cognement de porte retentit, suivi d'une grosse voix qui résonna dans toute la maison :

« Ho ! Y a-t-il quelqu'un ? »

Surpris par le fracas, Adrien et Françoise découvrirent à l'entrée de la cuisine un chasseur. Effrayant, cet homme était effrayant ! Immense et tout dépareillé, avec une grosse barbe blanche et son fusil sur l'épaule. Il était accompagné d'un chien. L'animal, inquiet, grognait de peur. Terrifiée, Françoise se cacha derrière Adrien.

« Assis, Bassia, assis... »

Bassia était le nom du molosse, qui se remit à grogner instinctivement quand Adrien se rapprocha. Il voulait observer de plus près le visage du vieux bonhomme. Quand soudain, dans une surprise générale, il prit la parole :

« Antoine, c'est bien toi ?

— Ah ! ça ! Je ne peux pas le croire, quelle surprise ! Adrien ? Comme tu as changé !

— Pas toi, Antoine, depuis toutes ces années, tu as un peu vieilli, mais tu as gardé ce même visage du gosse que j'ai quitté à l'époque. Entre, voyons, ne reste pas devant la porte. Tu restes manger avec nous ?

— Je ne veux pas vous embêter, vous avez l'air si occupés.

— Tu ne nous embêtes pas, voyons. Nous commencions simplement à préparer le repas.

— Justement, j'ai tué par chance quatre cailles[25], dit Antoine. Tiens, si tu veux que je les prépare, je n'en aurais que pour quelques minutes.

— Comme tu veux. »

Quelle peur ! J'étais, comme Françoise, soulagé que ce chasseur soit l'ami d'enfance d'Adrien. Après les présentations, il sortit de sa besace quatre beaux volatiles qu'il dépluma après les avoir ébouillantées dans une grosse marmite. Quelque temps après, on s'installait autour de la table, appréciant ce repas délicieux que Françoise nous avait concocté. Je me réjouis encore de cette merveilleuse soirée. Je me souviens, Antoine relatait sa prodigieuse chasse avec son chien au milieu des bois, et Adrien lui racontait notre commune rencontre dans le train. Ce repas, typiquement pyrénéen, dans cette superbe ambiance, quel souvenir ! La soirée fut animée très tard dans la nuit par les histoires de ces deux amis d'enfance, relatant leurs aventures rocambolesques autour d'une bouteille de génépi, cette confection artisanale à base d'eau-de-vie et de fleurs pyrénéennes. Ils étaient si contents de se retrouver que la nuit fut bien longue pour eux, et pour moi aussi. Je les avais écoutés une bonne partie de la nuit jusqu'à ce que la fatigue me gagne. Le lendemain matin, je me retrouvai dans l'une des deux chambres de la maison.

« Réveille-toi, Louis ! Réveille-toi ! Nous devons partir au Pouey-Aspé ! », me dit Adrien.

Fatigué, j'étais fatigué... Quelle nuit...

« Où est Antoine ? »

Adrien me répondit le sourire aux lèvres :

« Il vient juste de partir. Il m'a dit qu'il avait passé une agréable soirée en notre compagnie. »

Pour une soirée, c'était une soirée ! Adrien et Antoine n'avaient tout simplement pas dormi de la nuit. Je ne sais toujours pas comment Adrien arrivait à tenir debout. Et pourtant, il préparait quelques affaires qu'il rangeait consciencieusement dans un sac. Je me levai doucement, puis je mangeai une tartine accompagnée d'un verre de lait que Françoise avait consciencieusement préparés.

« Louis, es-tu prêt ?

— Oui, Adrien, allons-y ! »

Je finissais de me chausser avant de prendre mon sac. Puis je remerciais Françoise pour son hospitalité avant d'exprimer un fervent au revoir devant la bâtisse. Elle nous regarda partir au loin et de sa main elle nous esquissa un dernier adieu.

On marchait sur cette route que nous avions empruntée la veille. Arrivés à Saint-Savin, nous passâmes sous le porche de l'abbatiale, puis, après quelques cheminements au milieu de vieilles demeures, on s'éloigna enfin du village. On arpenta alors un chemin bordé par de grands châtaigniers centenaires. Le soleil éclairait tout juste la cime de ces grands arbres qui nous dominaient. J'imaginai alors les moines marcher sur ce sentier, hiver comme été, motivés par la foi. Ils allaient au bout de ce sentier voir l'ermite Savin pour partager avec lui quelques prières. Après avoir traversé quelques bergeries, on arriva sur un large plateau. La grotte de Savin apparaissait enfin. Petite et austère, rien n'était attrayant dans cette lugubre cavité.

« Je me demande quel genre d'homme pouvait vivre dans cette triste demeure... Comment pouvait-il faire ?

— Savin a vécu treize ans dans cette grotte, me dit Adrien, et avec très peu de ressources. Sais-tu ce qu'est l'anachorétisme ?

— Dans le livre, il était écrit qu'il s'agirait d'un supplice rituel approuvé par l'Église.

— Oui, c'est bien ça, Louis. L'anachorétisme permettait d'atteindre la perfection demandée par les Évangiles. Ce qui nécessitait la privation et l'abandon des biens et de la famille pour lutter contre ses démons. L'acceptation d'un anachorète par l'Église était un rituel qui ressemblait à une scène funéraire. À la suite de cet exercice, il était considéré comme un saint vivant. On représentait dans cette pratique la mort avant la résurrection. Savin était passé par bien des étapes pour accéder à ces règles spirituelles. Cette vie, c'est lui qui l'avait voulue, ce n'était pas une punition mais bien un supplice qu'il s'était infligé. Dans cette vallée, il était perçu comme le saint vivant. Il était respecté et aimé de la population, et fut considéré comme un père pour certains ; un frère, un ami, un confident pour d'autres. Beaucoup de personnes venaient le voir pour partager un moment avec lui. Les deux tableaux de l'abbatiale témoignent de la ferveur de tout ce peuple qui raconte le plus fidèlement la vie de ce saint et de tous ses miracles. »

Avant de repartir et après toute cette longue marche, nous nous posâmes pour admirer une dernière fois la vallée qui se déployait devant nous. Tout un pittoresque panorama s'étalait jusqu'aux pieds des grands sommets. On pouvait voir, depuis notre promontoire, les feuilles des grands peupliers qui tachetaient de jaune tout cet ensemble.

« Ce sont les premières à tomber en cette saison, me dit Adrien. Ça annonce l'arrivée de l'automne. »

Le froid commençait à s'installer malgré la présence du soleil. Au bout de quelques minutes, un vent glacial se leva. Il nous désarçonna dans notre irrésistible contemplation. Il fallait repartir. Nous redescendîmes alors sur le même petit chemin que nous avions emprunté pour venir. Arrivé au village, Adrien récupéra une calèche et, dans un élan commun, gagné par mes obligations personnelles, on repartit tous les deux. Il me remercia longuement sur le chemin du retour qui menait à la gare, regrettant sans doute la nostalgie commune de notre courte rencontre.

« Ça m'a fait plaisir, Louis, de te connaître. », me révéla Adrien.

Je lui répondis avec une certaine morosité :

« Moi aussi, Adrien… Moi aussi…

— Reviens quand tu veux et sache que tu seras toujours le bienvenu. »

Dans notre regret commun, je lui cédai un bout de papier marqué d'une brève annotation.

« Tiens ! Je t'ai écrit mon adresse. Envoie-moi de tes nouvelles, et si tu descends à Tarbes avec Françoise, passez me voir. Je serais ravi de vous accueillir. »

On s'était rencontrés depuis peu avec Adrien, et c'était comme si je le connaissais depuis toujours. Cet homme était curieux de tout, passionné et sympathique. Je peux dire que les jours suivants, il me manqua ce guide pour partager ces histoires.

    Je montai dans le train du retour avec une certaine monotonie. Je serais bien resté un peu plus longtemps. Alors, inexorablement, je regardais au loin Adrien sur la calèche qui reprenait la route vers Saint-Savin.

5. Cauterets juillet 1881

Un an était passé et la confiance qu'exprimait Georges à mon égard me comblait. Il voulait absolument me présenter à ses parents.

« Alors, Louis, dis-moi, es-tu d'accord pour passer le week-end à Cauterets ? Imagine cette excursion, elle te permettra de prendre le train du retour le dimanche soir à cinq heures.

— Je suis ravi, Georges. Ces deux jours, perché sur les plus beaux sommets pyrénéens, suscite mon enthousiasme.

— Oui c'est vrai ! Tu ne vas pas en revenir ! C'est tellement remarquable qu'il faut le voir pour le croire, il n'y a rien de plus exceptionnel, de plus merveilleux, le paysage grouille de vie, et puis les gens sont agréables. Je suis sûr, Louis, que tu vas y trouver ton bonheur. »

Je me languissais déjà d'y être. Aussitôt que Georges quitta mon domicile, je partis m'équiper : chaussures de cuir, sac à dos, chaussettes, pantalon, veste pour les fortes pluies, chemise de coton, béret et, pour finir, une couverture en peau de chèvre. Je préparais ma première expédition et, pour une première excursion, je peux dire que Cauterets était le bon choix. Car je profitais en même temps du convoi qui partait de Pierrefitte.

Georges était satisfait de pouvoir me présenter à ses parents. J'étais ravi de sa proposition, mais elle me paraissait tout de même embarrassante. Il était mon patron et un ami. Je ne voulais simplement pas le décevoir en profitant de tout ce confort. J'étais stressé et impatient de l'aventure qui m'attendait. Le soir même, je préparai avec enthousiasme mon sac. J'emportai également mon daguerréotype que j'avais essayé quelques semaines auparavant. Il pourrait éventuellement me servir à immortaliser quelques bons souvenirs. À moi l'aventure !

Le jour arriva très vite. Dès le matin, je récupérai les marchandises pour l'hôtel : deux cents kilos de pommes de terre, cinq kilos de café et de thé, trois barriques de vin, une vingtaine de poulets, quinze barquettes de douze œufs, cinq jambons, des légumes frais et de la farine. J'apportai toutes ces denrées au wagon numéro 2 qui était partagé avec un autre hôtel. Ensuite, je partis au *Café de la Gare* pour retrouver les clients qui m'attendaient patiemment. Ils étaient dix-sept : un directeur de banque parisienne, sa femme et leurs deux enfants, un notaire et sa femme, un couple d'industriels, leurs deux jeunes filles accompagnées de leur servante, deux médecins et leurs femmes, plus deux riches Parisiennes. Ils me suivirent tous sur le quai d'embarquement, puis montèrent pour s'installer dans leur wagon. Dans un dernier sifflement du chef de gare, le conducteur enclencha enfin la grosse chaudière qui dégageait le surplus de vapeur. La locomotive démarra enfin. Cherchant dans le train un compartiment pour m'installer, j'entendis soudainement une grosse voix qui se dégageait au milieu des autres occupants. C'était le notaire qui voulait absolument me voir, avec sa femme.

« Monsieur, s'il vous plaît monsieur. »

L'homme se fraya un passage au milieu des autres passagers. Arrivé à mon compartiment, et essoufflé par l'effort, il me sollicita :

« Ma femme et moi nous demandions si, éventuellement, vous connaissiez à Cauterets un bon guide pour accomplir de petites ascensions ? Je ne suis pas grand marcheur et les grandes aventures effrayent ma femme. Les petites expéditions sont, pour elle et moi, moins dangereuses, et l'aide d'un bon guide serait fort appréciable dans ce milieu parfois austère. Ma femme se sentirait, j'en suis sûr, beaucoup plus rassurée.

— Clément Latour[26], lui dis-je. J'ai lu dans un quotidien de Tarbes les exploits de cet homme. Il a guidé le pyrénéiste Henry Russel sur la Grande Fache en l'été 1874, il avait gravi le massif des Pics-d'Enfer (3 081 m), la Peña Telera (2 764 m) et la Punta de Bucuesa (2 770 m). »

Sans plus d'explications sur ces surprenantes performances, le notaire me sembla satisfait. Il me remercia, puis me demanda s'il pouvait, avec sa femme, rester dans ce compartiment. Rien de gênant, j'étais seul et un peu de compagnie n'était pas de refus.

« Oui bien sûr, vous pouvez vous y installer. »

Comme chaque jour, la locomotive s'engageait rapidement au milieu de la campagne. Le claquement harmonieux du wagon roulant sur les rails, ce bruit agréable, me plongea rapidement dans un profond sommeil.

« On est bientôt arrivés, Monsieur », me dit le notaire.

J'avais eu de la chance : le trajet agaçant et ennuyeux que je parcourais chaque jour était terminé. Instantanément, la locomotive siffla l'arrivée à Pierrefitte. Je regardai à travers la vitre le petit village de Saint-Savin, perché sur sa colline. Le souvenir de mes deux amis, Adrien et Françoise, se ravivait. Il exprimait un désir impérieux, celui de les revoir bientôt. Adrien avait envoyé, la semaine précédente, quelques nouvelles par courrier. Dans sa lettre, il me racontait le travail effectué dans leur maison et leurs fructueuses découvertes antiques. J'avais hâte de les revoir. Je regrettais simplement le fait que ce n'était pas pour aujourd'hui ni pour demain. Et que malheureusement, dans la longue aventure que j'avais prévue, je n'aurais jamais le temps de les retrouvés.

Les voyageurs descendaient du train puis montaient sur leurs calèches. Je déchargeais avec Georges le wagon pour ensuite remplir la charrette. Installé dans la voiture, Georges annonça les dernières recommandations à ses clients. Pris d'un élan collectif, les chevaux prirent la direction de Cauterets. Serpentant sommairement entre la falaise et le ravin, la route montait doucement à l'ombre des grands arbres. Schiste et roches granitiques partageaient l'amertume de ce chemin cahoteux. Captivés par la tragique générosité, de grands arbres dominaient le sombre gouffre édifié en contrebas. Je contemplais l'érosion échafaudée par les crues successives. Les débris charriés par le torrent s'accumulaient sur la berge. Je pouvais distinguer les abords détériorés où seuls quelques arbres subsistaient. Le chemin continuait dans ce couloir de montagne. Au loin, caché derrière de grands hêtres, un relais apparaissait. On s'y arrêta quelques minutes. Abrités par l'ombre des grands arbres, les chevaux s'empressaient de boire dans une modique source qui passait par là. Hâtivement, Georges nous incita à repartir. Pour atteindre Cauterets, une bonne heure de route restait à parcourir et le ciel, sur les hauts sommets qui nous entouraient, se recouvrait doucement de sombres et gros nuages. Signe qu'un orage pouvait rapidement éclater. On continua notre ascension. Quelques instants plus tard, les montagnes s'écartaient, laissant la place à une grande vallée. On pouvait contempler dans ce décor les granges qui surplombaient le gave et les œillets qui l'égayaient. Ce tableau de points roses sur un fond vert et bleu, quelle beauté ! Brusquement, le paysage changea. Un gros nuage s'interposa devant le soleil. Dans toute la vallée, la luminosité s'effaça. Georges profita de cette triste ambiance pour nous raconter une légende moins charmante et moins gracieuse que ce paysage-là.

Voici ce qu'il nous raconta :

« Il y a une légende née dans cette vallée. Juste au-dessus de Cauterets, un charnier y aurait été découvert : *Et carnaü det lis*" (« Le charnier du Lys »). Dans un gouffre au pied d'une crête du mont Monné, on aurait découvert des fragments d'armes et des restes humains. La légende raconte qu'il y a très longtemps, les habitants de Cauterets auraient jeté dans ce trou les corps des pillards venus d'ailleurs. Depuis ce jour, des gémissements venant des profondeurs attireraient les promeneurs trop curieux. »

Peu de temps après la fin de cette terrible histoire, Cauterets apparaissait au loin. On entendait alors les *ah !* de nos hôtes joyeux de l'imminente arrivée.

L'hôtel se trouvait de l'autre côté de la ville. Après avoir traversé le gave sur un pont de pierre, on arrivait à la place Saint-Martin, le rendez-vous des aristocrates. Ils se rassemblaient là, sur la place principale, à l'affût de chaises porteuses ou d'omnibus[27]. Dans ce va-et-vient continuel, ils partaient aux thermes. Ils traversaient la ville au milieu des grands hôtels. Plus loin, dans une méprisable ignorance, ils longeaient les quartiers pauvres. Les autochtones qui vivaient là épiaient les riches curistes qui s'arrêtaient parfois une pièce à la main. Les hôtels, de plusieurs étages, étaient somptueux. On pouvait voir sur les balcons, les nobles, un verre à la main, qui fumaient leur cigare. Devant les hôtels, à chaque arrivée, les domestiques harcelaient de compliments leurs futurs clients, espérant une petite attention à leur égard. Le soir venu, une fois les soins terminés, les curistes se promenaient. Ils allaient au théâtre, au concert, au bal, faisaient de l'équitation ou jouaient au tennis. Cet égocentrisme attirait dans la ville des milliers de touristes.

Nous arrivâmes enfin à l'hôtel. Le père de Georges, impatient, nous attendait sur le perron. Je découvris un homme, appuyé sur sa canne, dont l'humour original me fit ricaner bêtement. Quand il dit en patois[28] aux voyageurs :

« *Que vos es arren arribat ?* »
(Il ne vous est rien arrivé ?)
Georges répondit :
« Non. »
Et son père finit avec :
« *E be ! qu'ei plan domatge !* »
(Eh bien ! C'est bien dommage !)
Les clients n'avaient rien compris à ce langage quelque peu sauvage. Georges, choqué par les propos de son père, regarda stupidement celui-ci qui, tout naturellement et simplement, resta fier de sa blague.

Georges me présenta à lui, espérant qu'il arrête de parler ce vieux dialecte. Mais rien n'y faisait, son père continuait de plus belle :

« *Adishatz lois, que vèdi qu'avetz comprès la mia craca qu'ei plan.*

(Bonjour Louis, je vois que vous avez compris ma blague, c'est bien.)

— *Adishatz tio qu'era plan e que m'a hèit plan arriser.*»
(Bonjour, oui, c'était bien et ça m'a fait beaucoup rire.)
Puis il dit plus fort, espérant se faire entendre de tous :

« *Au mensh quauqu'un dab qui e vau poder batalar den saquera ostaleria e de mei de qui a umor.*

(Au moins quelqu'un avec qui je vais pouvoir discuter dans cet hôtel, et qui en plus a de l'humour.)

— Arrête papa ! Tu ne vas pas commencer ! Tout le monde te regarde.

Le père écoutait son fils râler à ses bêtises, comme un jeu enfantin qui le sublimait. Ces provocations, qu'ils avaient l'air de cultiver tous les deux depuis longtemps, animaient leurs retrouvailles dans un tourbillon de sottise.

« Allez, viens ! Louis, me dit Georges, n'écoute plus mon père. On va décharger les valises des clients. Ensuite, on videra la charrette de nourriture. »

Quelques instants plus tard, après avoir tout déchargé, je m'apprêtais à descendre une barrique de vin à la cave. Au fond d'une pièce, une dame s'approcha de moi.

« Bonjour, me dit-elle, je suis ravie de vous rencontrer. Vous êtes bien Louis ?

— Oui c'est bien moi !

— Georges m'a tellement parlé de vous. »

Je compris tout de suite que c'était la maman de Georges. Alors, avec une certaine assurance, je lui répondis spontanément :

« Moi aussi, il m'a tellement parlé de vous. »

Puis elle ajouta :

« Je vous remercie du travail que vous avez accompli à Tarbes. Si vous continuez comme ça, nous projetons, avec mon mari, d'agrandir l'hôtel. Les clients sont si satisfaits, vous savez, qu'ils sont de plus en plus nombreux. Il y a même des jours où l'on est obligés de les refuser, faute de place.

— En ce qui concerne l'hôtel, lui répondis-je, je pense plutôt que ce projet d'agrandissement est le fruit de votre travail et du travail de tous vos employés.

— Vous êtes bien modeste, Louis. Quelle gentillesse ! », me dit-elle.

Je la remerciai tout en continuant à déplacer la barrique. Quelques instants plus tard, Georges venait me chercher pour me faire visiter l'hôtel. On s'évada alors au milieu de cette grande et luxueuse bâtisse. Elle était magnifique, munie de trente chambres et de dix appartements. Elle pouvait accueillir dans ses murs plus d'une centaine de clients. Il y avait un restaurant de soixante couverts et une salle de billard cachée derrière un grand salon. Là, les curistes de retour des thermes pouvaient même se divertir autour d'un beau piano. Accolée au salon, une verrière donnait sur un grand jardin à la française. Les buis, taillés dans un parcours symétrique, contournaient une grande fontaine sculptée dans du marbre blanc. L'hôtel grouillait de bourgeois qui s'empressaient de réserver leurs tables ou de commander un menu dans leurs propres appartements.

La journée fut longue, et les odeurs du repas annoncé activèrent, dans une laborieuse gourmandise, nos papilles. Nous nous attablâmes alors au milieu de la salle à manger en compagnie des parents de Georges. Dans cette atmosphère quelque peu étouffante, on entendait clairement le bruit de toutes les fourchettes. Elles chantaient sur les assiettes de porcelaine dans un indescriptible tintamarre. Moi, je dégustais avec plaisir tous les plats délicieux qui se présentaient à moi. Je n'avais jamais mangé autant de choses. Mais que c'était bon ! Dans cette frénésie gustative, j'étais si heureux que je pensais aux plats concoctés par ma mère les soirs de fête. Les mêmes odeurs et la même ambiance ravivaient mes souvenirs. Je pensais alors à mes parents. Que pouvaient-ils bien faire à cette heure-ci ? Eux qui n'avaient sûrement jamais mangé dans un endroit aussi luxueux. J'avais même le sentiment de ne pas être à ma place au milieu de tous ces aristocrates, moi, le fils de fermier. Le père de Georges me rassurait sous forme de plaisanteries qui ne suffisaient pas, malgré tous ses efforts, à me convaincre. Alors, pour détourner mon attention, il me révéla jusqu'à la fin du repas tout ce qui se trouvait autour de la vallée, du lac de Gaube, de la beauté des paysages, de ces sommets (la Grande Fache, 3 005 m), du pyrénéiste le comte Henry Russel, et du Grand Vignemale (3 298 m) conquis en hiver 1868 lors des premières grandes ascensions hivernales d'Europe avec Henri et Hippolyte Passet[29].

Il continua à raconter plein d'histoires passionnantes. J'étais comme ensorcelé, toujours à l'affût du moindre sentier à découvrir, de la moindre phrase qui puisse me conduire dans un endroit exceptionnel ou dans un lieu inoubliable. Il me fallait simplement pour le lendemain, un endroit à souvenirs. Alors, son père me raconta ce qui se cachait au fond de la vallée du Marcadau.

« Quel endroit magnifique ! me dit-il. Dans ce lieu exceptionnel, plusieurs lacs aussi beaux les uns que les autres, ont été répertoriés. On dit qu'il y a plus de cent lacs et que tous seraient teintés d'un bleu différent. Il y a quelques années, un archéologue qui passait la nuit à l'hôtel me révéla l'existence de tumulus et de dolmens situés au fond de cette vallée. Ces sépultures tribales prouvent que ce lieu était fréquenté depuis fort longtemps par les hommes. Justement, avant de partir, il m'avait laissé un plan des différents sites archéologiques. Je pense l'avoir laissé dans un coin de ma bibliothèque. Attendez quelques instants, Louis, je vais vous le chercher. »

Quelques minutes plus tard, de retour à table, le père de Georges me tendit le fameux plan édifié par l'archéologue. Onze cromlechs[30], quatre « tumulus cromlech », six tumulus simples et cinq dolmens étaient remarquablement bien représentés. Je profitais de le lire en le recopiant avec une plume trait pour trait sur un bout de papier le plan du site. Il n'y avait pas de doute, une tribu avait bien vécu là-bas.

« Marcadau signifie "marché" en patois, m'expliqua le père de Georges. Il y a longtemps, très longtemps, des marchands vendaient, troquaient leurs produits au fond de la vallée. Venus de loin, ils échangeaient de la laine, des armes, des outils et des marchandises en tout genre. »

Il continua à me relater d'autres histoires de la vallée.

Georges ne pouvant m'accompagner, je décidai de partir seul, pour deux jours d'expédition. D'abord le lac de Gaube. Ensuite, le fond de la vallée du Marcadau.

Après toutes ces histoires, une bonne nuit de sommeil m'attendait dans une des trente chambres de l'hôtel.

Fatigué, dans un dernier effort, je quittai la table. Je montai avec la gouvernante les marches du grand escalier. On traversa ensuite les couloirs à la recherche de mon logis. Je pouvais admirer, accrochés au mur, les dessins et tableaux des maîtres qui avaient séjourné dans l'établissement. Soudain, deux étranges lithographies retinrent mon attention. Sur l'une, on pouvait voir au fond d'un trou des soldats morts. Curieusement, ce tableau ressemblait à s'y méprendre à l'histoire racontée par Georges. Sur l'autre gravure, il était dessiné un moine portant une relique. Aucune signature n'apparaissait. Les décors montagneux semblaient tous deux correspondre. Fasciné par cette découverte, je regagnai mon appartement. J'attendis patiemment le départ de la gouvernante pour examiner de plus près ces deux mystérieux tableaux.

La chambre était somptueuse, les draps et les couvertures de soie recouvraient mon lit en fer forgé. Une grande fenêtre donnait sur un balcon. De là, je pouvais contempler tout le jardin. J'apercevais facilement ces aristocrates se pavaner autour de la fontaine. J'avais comme l'impression que tout ce beau monde se côtoyait tout le temps. Je pouvais les entendre clairement vanter leurs histoires rocambolesques, relatant leurs dernières extravagantes acquisitions. Ils discutaient aussi de la guerre, de la paix et de l'économie. Leurs femmes exposaient leurs nouvelles toilettes et leurs nouvelles fréquentations mondaines. Plus loin, je pouvais voir la rue qui menait au casino. J'entendais clairement les musiciens qui répétaient avant que le grand bal du soir ne commence.

Après le départ espéré de la gouvernante, je retournai enfin voir les deux lithographies suspendues dans le couloir de l'hôtel. Effacées par le temps, les deux gravures devaient dater de plusieurs siècles. Inspiré par le décor, je compris rapidement que les deux tableaux ne faisaient pratiquement qu'un. J'avais décidé de les joindre : les montagnes correspondaient à peu près. Oui, c'était presque parfait. Mais leur jonction ne l'était pas. Il semblait manquer un autre tableau. Pourtant, j'apercevais précisément la chaîne de montagnes dessinée à l'horizon. La scène du premier plan me stupéfiait. Je pouvais clairement voir un moine s'échapper avec une relique à la main. Le gouffre derrière lui cachait discrètement des soldats morts, des corps éparpillés, les armes à la main. Un bouclier ovale jonchait le sol. Le moine semblait fuir d'épouvante, laissant derrière lui la terreur dans ce gouffre. Saint Savin, ce devait être saint Savin ! Non, ça ne pouvait pas être lui ! La légende racontée par Georges n'évoquait pas sa présence. En revanche, l'histoire racontée par Adrien et celle du livre que j'avais emprunté à la bibliothèque de Tarbes évoquaient bien la présence de Normands. Le bouclier tapi au sol semblait confirmer ma thèse. Il correspondait tellement aux boucliers suspendus sur ces fameux drakkars à tête de dragon. Les dolmens retrouvés au fond de la vallée que le père de Georges m'avait dévoilés pouvaient peut-être eux aussi confirmer cette théorie. Quelques années après la mort de saint Savin, le monastère avait été pillé par ces barbares venus du nord. Ils avaient massacré les moines et les habitants. Quelques jours plus tard, ce fut le tour de Cauterets de subir les mêmes horreurs. Mais alors, si ces dessins se référaient à cette histoire, les soldats morts seraient les Normands tués et jetés dans le gouffre après leurs méfaits commis dans la vallée. Je décidai de prendre les deux tableaux avec mon daguerréotype pour espérer plus tard un autre avis sur cette énigme. Dans mon imagination obsessionnelle, je regagnai ma chambre, épuisé. Cette nuit-là, ces deux gravures étaient restées imprégnées dans ma tête. J'avais tellement envie de découvrir leur histoire que les questions que je me posais devenaient si dérisoires qu'elles finissaient finalement par m'endormir.

6. La cascade du Pas de l'Ours

Je me levai à six heures, dans le calme provisoire du matin, bien avant que tous ces curistes ne se noient dans la cohue matinale. Certains commençaient à se lever et à descendre le grand escalier pour se réfugier dans le salon où le petit déjeuner leur était servi. Je me hâtai également dans ce lieu avant de quitter l'établissement. Le café et le thé y étaient servis sans modération, accompagnés de petites gourmandises que je dégustai avec, au premier instant, une certaine retenue. Puis, conseillé la veille au soir par Georges, je me livrai, avant de partir et d'entamer mon périple, au pillage discret de ces friandises. Mon sac prêt, je quittai enfin l'hôtel à la recherche des écuries. Dans le noir je traversai la ville. Tout autour de moi, des dizaines de torches traversaient différentes ruelles. Elles scintillaient, éclairant furtivement mes pas. C'étaient les lampes à huile des porteurs de pains de glace. Ils livraient tous les hôtels et les cafés de la ville. Ces hommes étaient partis durant la nuit récupérer cette glace sur un couloir du Péguère, ce sommet situé au-dessus de Cauterets. Grâce à la neige et au gel, un glacier s'y formait.

Plusieurs fois par jour, tous les étés, des porteurs enchaînaient les trajets jusqu'aux hôtels. Cette glace était destinée à conserver les aliments et à confectionner des sorbets. J'arrivai à l'impasse que Georges m'avait indiquée. Au bout d'une ruelle, j'aperçus enfin les écuries. Je poussai le grand portail qui l'adossait. Tous les chevaux étaient soigneusement parqués dans leurs propres box. Le mien se trouvait à proximité de l'entrée. C'était un anglo-arabe docile et assez robuste pour me conduire sans difficulté à proximité d'un sommet. Georges m'avait promis que ce cheval était l'un des plus sages de son écurie. Il l'avait récupéré chez un dresseur malhonnête. Le pauvre animal restait toujours sur ses gardes. Il avait visiblement peur de recevoir une correction. Les coups portés par son ancien propriétaire se lisaient encore sur son cuir. Ce cheval avait, malgré sa bonté, perdu un peu de son âme. Il était d'une fidélité irréversible envers celui qui le montait. Il pouvait passer dans les plus périlleux et dangereux sentiers. Georges le louait souvent aux officiers géodésiens[31]. Avec ce cheval, je partais rassuré.

Sorti de la ville, le long de la route, je croisai des guides de chasse et leurs clients. Ils rentraient avec un isard mort et trois perdrix grises. Au bout de quelques minutes de marche, je dépassai un premier établissement thermal, la Raillère. Derrière un pont, la route se divisait en deux : à gauche, la vallée de Lutour et ses cascades ; et à droite, la vallée de Jéret. Un deuxième établissement thermal, le Mauhourat, apparaissait. Plus loin, d'autres établissements : du Bois, du Pré, et du petit Saint-Sauveur. Le sentier escarpé longeait la vallée. Au bord de la route, je pouvais admirer le bouillonnement de la cascade du Pas de l'Ours. La bruine qui s'en dégageait espérait, dans une ennuyeuse attente, le petit rayon de soleil. Brusquement, entre les branches des grands sapins, une lueur s'incrusta. Grâce au vent, un scintillement se dévoila enfin. Puis, timidement, dans un souffle continuel, au milieu de la bruine, un grand arc-en-ciel apparut. Un peu plus loin, je pouvais voir la cascade de Boussès. Elle chantait dans un flux continuel. Sous son écume et sa roche, les grosses truites narguaient les pêcheurs impatients de les attraper. Fier de sa prise, l'un d'eux s'exclama de joie :

« J'en ai une ! J'en ai une ! Regardez comme elle est belle ! »

Soudain, le malheureux laissa s'échapper dans le gave la grosse truite qu'il venait d'attraper. Il était pris dans son orgueil. Honteux et pour fuir les moqueries de ses amis, il partit pêcher un peu plus loin.

7. Le lac de Gaube

Je continuais d'arpenter sur mon cheval la route qui menait au lac. Je longeais le gave et, quelques minutes plus tard, un panneau apparut, indiquant le chemin étroit et rocailleux à franchir. Pour ne pas blesser ma monture, je décidai de parcourir le chemin à pied. Le sentier se perdait au milieu d'une forêt de sapins centenaires. À mesure que je m'enfonçais dans cette pénombre, je ressentais la solitude que j'étais venu chercher au milieu de ces montagnes, cette lassitude que je voulais absolument fuir en m'éloignant de toute civilisation. J'étais simplement heureux d'être là, seul au milieu de cette grande forêt. Je longeais le sentier et contemplais le gave en contrebas. Les grands arbres, mutilés par de multiples intempéries, semblaient encore résister. Il y avait quelque temps, une avalanche en avait épargné quelques-uns. La coulée était passée ce jour-là juste à quelques mètres d'énormes sapins. Ils étaient sains et saufs. Ces vieux spécimens avaient, au gré des saisons, développé leurs racines afin de s'agripper solidement à de gros blocs de granit. Pour ne pas s'écrouler, ces arbres semblaient s'accrocher à la roche. Les veines[32] de ces gros blocs érodés par la neige et la glace ressemblaient à s'y méprendre aux racines de ces arbres. J'avais même du mal à distinguer les racines de la roche. Je m'arrêtai quelques minutes au pied de l'un d'eux pour souffler un peu. Je sentis alors l'odeur du bois pourri que dégageait son écorce de mousse. Accroché aux branches, le lichen transpirait de grosses gouttes que la bruine avait déposées là. Je repartais au milieu de cette bruine qui s'épaississait à mesure que j'avançais. Aveuglé, je ne distinguais que les quelques mètres qui se découvraient devant moi. Je marchais instinctivement au milieu du brouillard, devinant le sentier à chacun de mes pas. Quand soudain, dans un furtif coup de vent, la bruine disparut doucement pour laisser place, comme par enchantement, au lac de Gaube. Stupéfiant ! Quelle beauté ! Je m'avançais à petits pas, profitant au maximum du paysage. Il était immense. Je pouvais voir à l'extrémité opposée le couloir de Gaube. Ce passage menait au pied du Vignemale. Il attirait tous les ans les montagnards et les ascensionnistes désirant l'arpenter. L'immense massif culminait au-dessus de toute la vallée. À gauche du lac, j'apercevais une petite auberge et, devant moi, entourée d'une grille, je découvrais une étrange stèle. Ce monument insolite au milieu de ce paysage suscita mon attention.

Je pouvais y lire :

« À la mémoire de William Henry Pattison, écuyer, avocat de Lincoln's Inn, à Londres, et de Sarah Frances, son épouse. Âgés l'un de 31 ans, et l'autre de 26 ans, mariés depuis un mois seulement. Un accident affreux les enleva à leurs parents et à leurs amis inconsolables, ils furent engloutis dans ce lac le

20 septembre 1832. Leurs restes transportés en Angleterre reposent à Witham, dans le comté d'Essex[33]. »

Divers témoignages avaient été établis au fil des années, racontant ce terrible accident. Mais il y avait une version plus réaliste que toutes les autres, mentionnée durant l'été 1843 dans le carnet de voyage de Juliette Drouet[34]. Quelques années auparavant, j'avais lu cette version publiée dans un quotidien. Cette histoire était, d'après ce journal, la plus réaliste et la plus plausible. Voici ce qui y était mentionné : « *Voici l'histoire que m'a racontée l'aubergiste du lac sur le tombeau que l'on voit de sa maison sur un petit rocher qui avance dans le lac. Cette femme me disait que depuis plus de cent ans, la même famille, de père en fils, exploitait cette auberge du premier juin au dix octobre, quand la saison est très belle. Voici donc ce dont elle me disait avoir été témoin il y a onze ans :* "Un Anglais et sa femme étaient venus voir le lac et s'étaient arrêtés chez elle. La femme était triste et paraissait souffrante. Le mari demanda s'il pouvait se promener en bateau sur le lac. On lui dit que le bateau qui servait à pêcher les truites, qui par parenthèse étaient exquises là, était à sa disposition. Il invita sa femme à y monter avec lui, mais elle refusa sous prétexte que le bateau était mouillé, qu'elle avait des souliers minces et qu'elle s'enrhumerait. Le mari n'insista pas cette fois. Il demanda une bouteille d'eau-de-vie d'un litre, en but un verre et se mit seul dans le bateau qu'il dirigea vers le milieu du lac. Là, il se mit à faire des gestes extravagants, puis il revint, invita de nouveau sa femme à se promener avec lui, tout seul pour conduire le bateau, elle refusa, il insista beaucoup, mais elle refusa en pleurant. Il rebut un autre grand verre d'eau-de-vie et rembarqua, fit les mêmes gestes et les mêmes extravagances que la première fois. Enfin, il revint à terre une nouvelle fois, demanda une planche qu'il mit au fond du bateau pour garantir de l'humidité les pieds de sa femme, puis une grosse pierre qu'il ajouta au fond pour lui servir car la planche ne lui suffisait pas. Puis il la prit dans ses bras, comme un enfant, malgré sa résistance et ses cris, la mit dans le bateau. La jeune femme demanda que quelqu'un vînt avec eux, ne fût-ce que la fille de l'aubergiste. L'Anglais ne voulait pas. Il voulait, disait-il, être seul avec elle dans sa promenade sur le lac. Pendant tous ces âpres débats, il avait fini de boire la bouteille d'eau-de-vie. Il monta dans le bateau et se mit à le diriger vers le milieu du lac, en faisant de grandes démonstrations. Il se levait, criait, parlait haut et avait l'air de quereller sa femme qui pleurait. Puis il dirigea la barque dans une petite anse à gauche, derrière un rocher qui la dérobait aux yeux de tous ceux qui étaient à terre. Tout à coup, on entendit des cris affreux qui partaient de cet endroit. La femme criait au secours, mais il n'y avait sur le lac qu'une seule barque et l'eau y était si froide qu'il n'y avait pas moyen d'y nager. Les rochers étaient à pic sur le lac et si escarpés du côté de la terre que, malgré le courage et l'empressement de ceux qui étaient là, lorsqu'ils arrivèrent à l'endroit d'où étaient partis les cris, ils trouvèrent la barque vide. Les vêtements de la femme flottaient encore sur l'eau, mais le mari avait disparu. On ne put porter aucun secours à cette malheureuse. Un quart d'heure après l'événement, les vagues rejetaient le corps de cette pauvre femme contre les rochers. Elle était toute raide. On n'essaya du reste, de lui donner aucun secours. On attendit la justice qui ne vint que le lendemain matin. On mit un gardien pour veiller le corps de la pauvre Anglaise, puis ce fut tout.

La femme qui contait cela déposa devant le procureur du droit comme principal témoin de ce qui s'était passé.

On prit des informations à Cauterets. On sut qui ils étaient. On écrivit à leurs parents en Angleterre. Des frères et des cousins vinrent aussitôt, et le mari, qu'on avait retiré de l'eau après être resté huit jours dans le lac, fut embaumé ainsi que sa femme et ramené avec elle en Angleterre. La famille avait fait élever une espèce de monument à la mémoire de ces deux malheureux, sans faire mention de la manière dont l'accident était arrivé." »

Un journal parisien avait eu écho de l'histoire et avait informé ses lecteurs d'une autre version. La noyade était prouvée pour le couple, mais la façon était tout autre. L'hôtelier aurait posé la grosse pierre au fond de la barque pour éviter, d'après ces aveux, de tanguer trop fortement.

Je restais rêvasseur à la vue de cette stèle et de cette terrible histoire, dont la forme aussi captivante qu'un roman avait réussi à me tourmenter.

Je décidai d'aller à l'auberge me poser face aux montagnes. Sur la terrasse, en compagnie de ses clients, un guide, prénommé Pierre, attendait patiemment un batelier pour traverser le lac. Il accompagnait un couple de curistes au glacier des Oulettes de Gaube pour contempler la face nord du

Vignemale. Je profitai de sa présence pour lui soutirer quelques informations complémentaires nécessaires à mon expédition.

« Trois sentiers sont divisés au bout de la vallée, me dit-il. Le sentier que vous allez emprunter pour y accéder existe depuis des siècles. Cette voie était la voie principale des marchands espagnols qui partaient vendre leurs produits à Cauterets. C'est aussi le seul passage accessible depuis la vallée pour rejoindre le chemin de Saint-Jacques. »

J'écoutais ce guide attentivement, espérant ne rien oublier. J'avais peur de négliger un obstacle qui pourrait compromettre mon parcours. Je saisissais alors consciencieusement tous les mots qu'il formulait. Il me détaillait avec précision chaque chemin.

« Le premier sentier, celui qui va vers l'est, mène à la frontière espagnole par un col que l'on nomme le col de la Fache. Ensuite, le deuxième sentier, celui qui va vers le sud, vous mènera au lac d'Arratille. Si vous marchez un peu plus, vous apercevrez au bout de ce chemin, la face sud du Vignemale.

— Et pour le dernier sentier ?

— Au bout du troisième sentier, une multitude de lacs se partagent tout un cirque de montagne. Il y en aurait plus de cent. »

Pierre avait l'air de connaître par cœur toute la montagne. J'espérais encore profiter de sa présence pour lui soutirer d'autres informations. La question que j'envisageais de poser allait sûrement le surprendre et aussi embellir ma promenade. Je me hâtai de la lui demander :

« Regardez sur ce plan, Pierre. Pouvez-vous me confirmer la présence de tumulus ? »

Je lui déployai le bout de papier que j'avais consciencieusement gravé la veille au soir pendant le repas. Celui qui énumérait tous les dolmens au fond de la vallée.

« Oui, c'est exact ! me dit-il. Au fond de la vallée, se trouvent des tombes cromlechs. Cette carte est bien significative. C'est impressionnant ! Il y a au moins huit sépultures sur ce plan que je ne connais pas. Ces stèles prouvent que ces rites païens étaient ordinaires et habituels dans cette vallée.

— Une tribu devait sûrement vivre à proximité.

— Oui, sûrement. Ce lieu était réputé pour le marchandage et le troc de toutes sortes de produits venus d'Espagne. Il y a quelques années, sur un sommet à proximité de Cauterets, une hache avec un manche d'ivoire de baleine a été libérée des glaces. Elle daterait de l'âge de pierre. Cette découverte prouve bien l'existence d'échanges commerciaux dans la vallée. D'après les historiens, les cagots se seraient installés ici, dans la vallée du Marcadau. Savez-vous ce que ce nom veut dire ? »

J'étais réellement dépourvu de réponses. Je savais qui ils étaient mais je ne savais pas définir le nom de *cagot*. Que pouvait bien dire ce nom ? Adrien n'avait pas développé ce sujet à ce point-là. Même si j'étais sûr qu'il aurait su répondre à cette question. Ce guide était très bon et connaissait très bien cette vallée. Je lui répondis, contrarié :

« Non, je ne sais pas !

— *Cagot* est un nom très ancien qui veut dire « chien de Goths », me dit-il. C'était le nom de guerriers Wisigoths. Leur royaume déchu, après leur défaite contre Clovis Ier en l'an 507, ces hommes dépourvus de leurs biens ont cherché refuge dans les endroits les plus isolés de France. Un groupe de guerriers se serait replié dans ces montagnes. »

J'étais stupéfié par la révélation de Pierre. Je pensais alors à Adrien et Françoise, et au village de Saint-Savin où deux cagots étaient sculptés sur le bénitier de l'abbaye. Preuve que leur présence était ordinaire et respectée par les habitants de Saint-Savin.

« Mais comment pouvaient-ils vivre dans ce lieu ? Les hivers devaient être rudes et difficiles.

— C'est vrai, ces tribus étaient rustres et intrépides, souvent composées de courageux guerriers. Ils pouvaient vivre dans une misère et une pitoyable souffrance. »

Les explications de ce guide étaient les plus précises et les plus riches qu'il se pouvait. Il aurait été intéressant de le présenter à Adrien. J'étais sûr qu'ils se seraient bien entendus. Quelque temps après, je quittais le lac de Gaube. Je redescendis sereinement par le même petit chemin que j'avais emprunté quelques heures auparavant. En contrebas, le gave dévalait entre roche et trou sur le flanc d'une moraine[35]. À l'approche d'un marécage, le torrent ralentissait subitement. Il se faufilait ensuite au milieu de plantes aquatiques pour s'effacer soudainement, dans une vertigineuse chute d'eau. Après un dernier dénivelé, j'arrivai au croisement que j'avais laissé auparavant. Quelques minutes plus tard, des porteurs, épuisés, descendaient, en titubant de fatigue, leurs clients vers Cauterets. Plus loin, sur le pont d'Espagne, un malheureux contrôle de gendarmerie me stoppa.

« Où allez-vous ainsi, me demanda froidement l'un des deux gardes.

— Je pars visiter le fond de la vallée.

— Vous savez que c'est interdit de partir seul faire une excursion ? Il faut être accompagné d'un guide. »

Je lui répondis que je le savais.

« Comment ça ? Vous le savez et vous décidez de partir sans un guide ! Il est indispensable pour votre sécurité et pour mener à bien votre excursion de prendre un guide, me dit-il. Je n'aime pas tout ça ! »

Soudain, l'autre gendarme m'interpella encore plus sèchement.

« Et votre cheval, il vous appartient ? »

Après toutes ces questions, j'étais accablé. J'eus tout juste le temps de me rétablir que les deux brigadiers se mirent à rire. L'un d'eux me dit :

« Mais bien sûr, on le connaît ce cheval ! C'est le cheval de Georges ! Qui ne connaît pas ce cheval ! Georges m'avait parlé de vous et il m'avait même dit approximativement à quelle heure vous risquiez de traverser le pont. Ne vous inquiétez pas, nous allons vous laisser passer. De toute façon, seuls les contrebandiers nous intéressent. »

Ouf ! J'étais soulagé de pouvoir repartir libre. Je m'étais vraiment fait rouler par ces deux plaisantins. Mais j'étais tout de même rassuré, malgré cette blague, de pouvoir repartir. Tout en me saluant, un des gendarmes rajouta :

« Au revoir, et surtout faites attention aux chutes et aux mauvaises rencontres. On n'aimerait pas être obligés de venir vous chercher. Allez ! Allez, et surtout faites attention. »

Son air narquois me fit penser qu'il fallait que je prenne toutes les précautions au milieu de ces montagnes. J'avais sûrement sous-estimé de nombreux dangers, comme bien d'autres choses, et pourtant j'étais bien décidé à tous les braver. Sauf peut-être la rencontre avec un ours. Il était vrai que cette situation, après moult réflexions, me paraissait effrayante. Croiser la route de cet énorme plantigrade m'épouvantait. Toutes les monstrueuses histoires racontées le soir au coin du feu quand j'étais enfant m'avaient réellement affecté. J'en avais gardé, comme celles du loup, un mauvais souvenir. J'espérais simplement ne pas en croiser un. C'était la fin de l'été et, en cette saison, les ours étaient beaucoup plus entreprenants. Ils descendaient plus souvent dans la vallée à la recherche d'un peu de nourriture. Il fallait tout de même que je fasse attention.

8. Le Marcadau

Je continuais mon chemin. Le pont d'Espagne franchi, je découvrais enfin la vallée du Marcadau. Là, de gros blocs granitiques déposés par les glaciers longeaient le sentier. Plus loin, les estives fleuries attiraient des centaines de brebis affamées. Un chien surveillait attentivement. Ce molosse, un patou, aboya instinctivement à mon passage. De peur de me faire mordre, j'hésitai à passer. Tenace, il se rapprocha pour se poster malencontreusement devant moi. L'énorme chien me faisait face, jusqu'à ce que le berger, tout juste sorti de son escouta[36], rappelât la bête. Sous les quelques grognements du monstre, le berger me fit signe de passer. Soulagé, j'étais soulagé ! Alors, prudemment, je me faufilai au milieu des brebis, regardant derrière moi de peur que ce molosse ne revienne. Plus loin, je traversai, sur une passerelle, le gave du Marcadau. L'odeur nauséabonde du soufre s'en dégageait fortement. C'était le signe de la présence d'eau chaude à proximité. Je continuai. Le sentier montait sur un léger dénivelé au milieu d'une forêt de sapins. Épais au début, ils s'éclaircissaient à mesure que j'avançais. J'arrivai enfin au bout. Une clairière se dessina devant moi. Là, c'est le panorama tout entier qui se révéla. J'étais stupéfié par le décor que j'apercevais. Tout ce paysage revendiquait, dans un harmonieux contraste, les couleurs qui s'en dégageaient. Dans un profond silence, les immenses montagnes apparaissaient tout autour de moi. Elles semblaient comme m'observer et moi, si petit dans ce cirque[37], je cherchais étrangement dans leurs crevasses, un simple petit regard. Ces géants de pierre, formés il y a plus de 70 millions d'années, dominaient tout cet ensemble de roche et de végétation. Tout ce paysage attirait forcément ma curiosité. J'étais arrivé au bout de cette vallée et mon envie de découverte n'était pas encore rassasiée.

Le sentier se divisait en trois chemins. Exactement ce que le guide m'avait indiqué. Celui qui partait vers l'est, direction la Grande Fache, celui vers le sud, la face ibérique du Vignemale, et celui vers le nord, les lacs répertoriés par les naturalistes. Sans savoir exactement pourquoi, au hasard et sans conviction particulière, je pris le chemin qui partait vers le nord. Le sentier longeait une forêt de pins à crochets. Il s'élevait, en lacé au milieu du granit. Mon cheval était essoufflé. Je décidai de me poser un peu au pied d'une cascade. Là, au bord de l'eau, gravées sur de la tourbe, des empreintes d'ours toutes fraîches apparaissaient. Soudain, plus loin, d'autres plus petites se révélèrent. La peur commençait à m'envahir. Pas rassuré par ma découverte, j'observais autour de moi. Instinctivement, je regardais l'horizon à la recherche de l'animal. Je pouvais alors deviner facilement le plantigrade et ses deux oursons s'éloigner. Effarouchés, ils avaient dû sûrement croire que j'étais un chasseur. Je continuai mon escapade après m'être assuré que l'ours et les oursons s'étaient bien éloignés. Un peu plus loin, un cairn[38] était posé là. Il marquait le passage d'un autre sentier. Quelques minutes plus tard, après avoir franchi une crête, un grand lac se dévoila. Au premier abord, il était sombre et lugubre. Encaissé entre deux grandes montagnes, il m'apparut au début sans aucun intérêt particulier. Puis, à mesure que je me déplaçais pour l'observer, sa teinte changeait. Quelques minutes plus tard, je découvrais enfin toute sa pittoresque splendeur. Il se nommait le lac Nère – lac noir – suivi du lac du Pourtet, beaucoup plus joli avec une presqu'île à son extrémité. Le reflet des montagnes qui l'entouraient lui donnait une particularité étonnante, comme si le lac était suspendu au milieu d'un grand vide.

Rêvasseur et contemplatif devant ces lacs, je pensais étonnamment à Pallanne, mon petit village du Gers où toute cette histoire avait commencé. Je me souvenais du jour du grand départ pour Tarbes, il y a un an, à Marciac. Ce jour-là, je ne savais vraiment pas dans quelle aventure je m'embarquais. J'étais loin d'imaginer, à cette époque, cet instant de solitude et de bonheur qui m'enivrait à la vue de ce paysage. Je n'avais aucun regret. Seul l'éloignement de ma famille me pesait.

Le vent souffla furtivement et stoppant subitement ma rêvasserie. L'air froid des sommets me glaçait les doigts. Encerclé par le cirque des montagnes, je ne pouvais plus avancer. Je décidai de rebrousser chemin. Curieux de découvrir d'autres endroits, je bifurquai au cairn que j'avais croisé auparavant. Il m'indiquait le passage d'un autre chemin visiblement plus compliqué. Celui-ci s'élevait en lacets au-dessus d'une falaise. Je longeais avec mon cheval le bord du précipice. Sans aisance et trop concentré sur l'ascension de ce pinacle, je ne pouvais que rarement regarder et admirer la vallée en contrebas. J'arrivai enfin avec impatience au bout de mon périple. Je remerciai mon cheval, soulagé d'être parvenu à la crête. Je pus alors me poser et profiter du panorama. Au loin, je distinguais, entre deux montagnes, la pointe du Vignemale. Quelques mètres après, des centaines de lacs se dissimulaient autour de moi : des grands, des petits, des flaques sans importance cachées derrière de gros blocs granitiques. Plus j'avançais et plus il y en avait. Ils étaient trop nombreux. Je m'arrêtai alors au hasard à un lac perché au milieu d'autres.

Exceptionnel ! Remarquable ! Je ne pouvais pas le croire à la vue de ce lac. J'étais émerveillé par sa couleur. La teinte de son nom, le lac d'Opale, égayait le triste sommet qui s'y mirait. Cette montagne s'érodait, raccourcissant tous les printemps le petit lac qui dormait à ses pieds. Arrachés par le gel, ces gros blocs plongeaient inexorablement dans l'eau. Cette érosion résonnait dans un effroyable bruit qui se déployait dans toute la vallée. Cette brutalité donnait, dans ce merveilleux cirque de Cambalès, une triste vérité où la montagne est la seule à décider du sort de la nature. Dans ce monde d'eau et de pierre, où même l'aconit[39)], cette belle fleur des montagnes, avait tout juste sa place. Elle se trouvait justement à mes pieds, encerclée par toute cette roche, elle semblait lutter difficilement, elle subsistait, elle s'accrochait à la pierre hiver comme été pour vivre encore. Je laissai tout ce beau paysage derrière moi pour rejoindre la vallée. La descente, bien plus rapide mais aussi difficile, m'effrayait parfois quand on frôlait le précipice. Les sabots de mon cheval tapaient sur la roche et glissaient de temps en temps sur les pierres désolidarisées. J'arrivai enfin sur le chemin des trois sentiers. Je pris celui qui longeait, vers l'est, le bord des eaux limpides du gave du Bastan. Il dévalait en méandres à travers renoncules et œillets. Je le traversai une vieille passerelle. Je me dirigeai à flanc de montagne vers un gros dénivelé. J'arrivai sur un premier puis un deuxième plateau. J'entendis autour de moi résonnait le sifflement des marmottes. Elles alertaient de ma présence leurs autres congénères. Je grimpais au milieu de cette douce mélodie. Plus loin, trois lacs effleuraient de leurs eaux un précipice. J'arpentai encore quelques minutes le sentier pour apercevoir clairement la silhouette de la Grande Fache. Majestueuse !

Il fallait que je continue. Malheureusement, un couloir de névés se présentait devant moi. Je décidai, après une longue réflexion, de continuer sans mon cheval. Aussi bon qu'il fût, il ne pouvait pas franchir cet obstacle. Je creusai alors dans la glace quelques marches, comme un certain Célestin Passet[40)] ouvrant en tête de cordée le couloir de Gaube le 6 août 1889 en taillant plus de 1 300 marches sur la glace pour atteindre la crête. Cet escalier me permit d'accéder au col. Je pouvais profiter enfin de la vue qui surplombait tout ce paysage. Au sud, la vallée sèche de l'Espagne, et à l'est, la vallée verdoyante du Marcadau. Sur ma gauche, se trouvait le pic de la Grande Fache que je ne pouvais gravir. Mon inexpérience montagnarde et mon isolement à l'écart de toute civilisation me firent renoncer. Fâcheusement, je décidai de rebrousser chemin, de renoncer à l'escalade en solitaire de cette montagne. Redescendre était plus sage. Je reprenais alors le sentier que je venais juste de grimper, je dévalai une par une les marches que j'avais volontairement creusées avec mon piolet, je récupérai enfin mon cheval.

Quelques minutes plus tard, j'arrivai en bas. Je m'engageai sur le dernier sentier, la face sud du Vignemale. Je traversai le gave du Marcadau. Je longeai ensuite une forêt de pins à crochets. Sur la roche, des rhododendrons tapissaient de rose le flanc de la montagne. J'arrivai sur un premier plateau. De là, je pouvais voir les méandres du gave qui zigzaguait au milieu des rochers. Je continuai mon chemin et, après un gros effort, j'arrivai enfin au lac d'Arratille. Surpris par mon arrivée, les quelques isards de ces montagnes fuyaient vers les sommets. Ils étaient en train de boire dans le lac. C'était exceptionnel de les voir là. À cause de la chasse excessive, leur population avait fortement diminué ces dernières années. L'évolution des fusils plus légers et plus faciles à manier n'avait pas profité à ces caprinés. Je pensais que lorsque je rentrerai à Cauterets, j'entendrai sûrement tous ces chasseurs aristocrates, heureux de leurs méfaits, dignes et sans scrupule. Ils mentiraient pour enjoliver leurs histoires, pour qu'elles soient plus croustillantes ou plus réalistes.

L'autre soir à l'hôtel, avant de partir me coucher, j'avais traversé le grand salon pour aller récupérer les clefs de ma chambre. Au fond de la grande pièce, des clients étaient attroupés autour d'un fauteuil. Ils écoutaient avec stupéfaction un riche parisien. Cet homme faisait l'éloge, avec conviction, de son aventure rocambolesque de chasse dans les Pyrénées. Et voici ce qu'il leur racontait : « Il y a longtemps, j'étais venu faire un séjour d'un mois à Cauterets. À cette époque, j'étais aussi courageux que maintenant, même si les années ne m'ont pas épargné. J'avais entendu parler qu'un ours semait la terreur dans la vallée voisine, à proximité du village d'Estaing. Cet ours avait dévoré une dizaine de brebis et avait saccagé ruches et vergers. Le soir venu, d'après les villageois, on l'entendait grogner entre les chaumières, à la recherche de nourriture. Certains l'auraient même aperçu. D'après leurs témoignages, il était aussi gros et aussi grand que deux vaches réunies. Et il mesurait au moins trois mètres. Et même qu'il ressemblait au diable. Pour se débarrasser de cet ours, les fermiers avaient organisé une battue avec une prime de la valeur de deux brebis pour celui qui le tuerait. Les meilleurs chasseurs de la vallée étaient présents ce jour-là. Pour effaroucher la bête et la rabattre vers les chasseurs, les villageois mirent le feu à la forêt où l'ours était censé se cacher. Malheureusement, leur stratagème échoua de quelques mètres. La bête réussit à traverser entre flammes et balles. Dans sa fuite, l'ours blessa un chasseur. D'autres battues s'enchaînèrent, jour après jour, mais sans succès. La prime passa à trois, puis quatre brebis, mais rien n'y faisait. Les jours passaient et l'ours continuait à harceler ces pauvres paysans. Un matin, je partis avec mon guide, François, chasser l'isard à quelques lieues de l'endroit où était organisée une de ces battues. J'entendis un grognement énorme venir de la forêt. Je croyais que c'était un sanglier. Je m'approchai avec excitation. Soudain, je vis le monstre avancer vers moi en hurlant. Il était énorme. Ces pattes arrachaient tout sur leur passage. Il grognait et gémissait, sa gueule grande ouverte, prêt à me dévorer. Je pris mon fusil et tirai deux coups, avec efficacité, dans sa tête. Le sang coulait abondamment, le monstre titubait et, dans un dernier rugissement, il tomba à mes pieds. »

Alors, tout autour du riche parisien, on pouvait entendre les clients l'acclamer. Adulé, il était fier sur son fauteuil, ce courageux chasseur. Mais une tout autre version, moins belle et moins courageuse que celle de ce menteur, était pour moi plus convaincante et plus réaliste. Elle m'avait été racontée par la gouvernante qui m'accompagnait à ma chambre ce soir-là :

« Il peut se vanter, celui-là, de sa chasse à l'ours. C'est son guide, François, qui l'a achevé. L'ours était, d'après les dires du guide, presque mort. Sept balles mortelles ont été retrouvées dans sa chair et une dizaine incrustées dans sa peau. »

Effaré par cette histoire, je lui avais demandé :

« D'où venaient ces balles ?

— L'ours les avait reçues en traversant les successives battues.

— Et pourquoi le mensonge du guide, François, c'est bien lui qui a achevé l'ours ?

— De peur de perdre son client fortuné, et après avoir reçu une grosse somme d'argent, François s'est tu et a raconté une tout autre version qui avantageait nettement son client. Voilà la vraie histoire. Je ne suis même pas sûre que ce jour-là, ce riche parisien ait eu un fusil ! », m'avait-elle dit.

Je regardais les isards s'enfuir tranquillement et franchir un col. La nuit arrivait très vite et le froid, en cette saison, s'engouffrait rapidement dans la vallée. Le soleil commençait à se dissimuler derrière les montagnes. Il fallait que je trouve rapidement un endroit où dormir. Le pré qui entourait le lac me parut idéal. Je m'installai dans un coin derrière un gros bloc de granit, à l'abri du vent. Je préparai un feu avec des branches de sapin. Le soleil se cachait petit à petit derrière les sommets. Sous ma couverture, le froid m'envahit. Je ravivai alors le feu pour me réchauffer et, dans un silence profond, j'admirai à la surface du lac les étoiles qui scintillaient. Profitant de la douce lumière de la pleine lune, les truites moucheronnaient. Elles semblaient se gaver dans une relaxante harmonie. J'étais émerveillé comme un enfant dans un cirque, enchanté par le doux spectacle qui se tenait là. Dans la grâce et la volupté des truites sauteuses, je m'endormis en rêvassant.

Le lendemain, le froid avait disparu. Le soleil cherchait une issue entre les montagnes. La chaleur de ces quelques rayons de soleil réveillait la nature qui m'entourait. Le feu s'était éteint à cause de la forte humidité à proximité du lac. Seules, entre les pierres, quelques braises résistaient encore. Curieusement, je découvris le gros bloc de granit où je m'étais abrité. D'autres se présentaient autour de moi, formant un cercle. Distrait par la pénombre, la veille au soir, je n'y avais pas prêté attention. Je m'étais hasardeusement allongé derrière l'une de ces pierres. Ce lieu n'avait rien de commun. Il ressemblait à s'y méprendre à ces fameuses tombes cromlechs que le père de Georges et le guide, Pierre, m'avaient signalés. Curieux de l'inopinée découverte, je sortis de ma besace ce plan que j'avais consciencieusement recopié. Je le déroulai pour l'examiner de plus près. Il indiquait bien une sépulture à l'endroit même où je me trouvais, et trois autres à quelques mètres de là. Dans mon lugubre réveil, j'imaginais alors le rite qui s'y était déroulé, il y a plus de dix mille ans. Prières de sorciers et chants tribaux résonnaient autour de ce cercle de pierres, puis autour de ces montagnes. Je compris alors la symbolique de ce lieu divin pour ces hommes d'un autre temps. Les montagnes, voilà pourquoi ce lieu avait été choisi par ces tribus. Je décidai de repartir, espérant voir la face sud du Vignemale. Je chargeai alors mon sac et ma couverture sur mon cheval et je repartis. Je longeai le lac jusqu'à son extrémité. Là, le sentier traversait plusieurs ruisseaux pour remonter ensuite le long d'une crête. Une heure plus tard un autre réservoir se découvrait, c'était le lac du col d'Arratille. Enfermé au milieu de ce cirque, il se magnifiait de teintes bleutée, blanche et grise suivant les reflets des névés et des roches qui l'entouraient. Un petit vent souffla éparpillant toutes ces couleurs de vagues, cette brise accentua un peu plus toute sa splendeur. Au bout de cette cuvette le col apparaissait, J'arrivai enfin. Face à moi se tenait le géant que j'étais venu chercher, le majestueux seigneur de ces montagnes. Je comprenais alors toute la difficulté et la patience qu'il fallait pour atteindre ce sommet. Souvent avec le froid, le vent, la neige, la pluie, les mains glacées, à la seule force des bras. Je me demandais qui étaient les hommes assez courageux pour subir ces conditions difficiles, combien d'entre eux étaient engloutis dans cette montagne. « *Dieu seul le sait !* » Et pourtant, c'était bien une femme, Anne Lister de Shibden Hall qui avait gravi la première la pointe la plus élevée du Vignemale, le 7 août 1838.

Je restai là, figé un instant devant ce sommet. Je contemplais la glace formée sur une de ces crêtes. J'admirais aussi le versant plus sec de l'Espagne. De là où je me trouvais, je pouvais voir toute la vallée.

Je repris doucement mes esprits, il fallait que je redescende au plus vite à Cauterets. Le départ du train de Pierrefitte était à six heures. Le retour me parut bien plus long dans la vallée. Je descendais à contrecœur le sentier, laissant le Vignemale et les fameuses tombes cromlechs derrière moi. Je longeai le gave du Marcadau. Les brebis pacageaient toujours au même endroit. Le gros chien m'ignora cette fois-ci, trop occupé à récupérer des brebis égarées. Je me retournai au bout du sentier pour contempler une dernière fois les montagnes. Sur le pont, les deux gendarmes avaient disparu. Une bergère s'était installée au même endroit. Elle vendait son lait refroidi par le gave. J'arrivai aux thermes de la Raillère. À Cauterets, je ramenai mon cheval aux écuries. Je remerciai, dans une furtive apparition, les parents de Georges, pour leur hospitalité, m'excusant de mon empressement avant de leur dire adieu sur le perron de l'hôtel. Dans la calèche, puis dans le wagon, c'était la vallée tout entière que je laissais derrière moi. Je partais épuisé mais finalement comblé par toute cette expédition. Face à la vitre de mon compartiment, je me remémorais le parcours effectué ce jour-là. Tous ces lieux, aussi extraordinaires qu'ils étaient, m'avaient marqué au plus profond de moi. Je me remémorais encore et encore ce parcours. Puis, au son de la locomotive, je m'endormis avec des rêves plein la tête : « *Je reviendrai…* ».

9. Les révélations

Vanné, j'arrivai enfin à Tarbes. Je rentrai en direction de mon appartement, le visage brûlé par le soleil, mes jambes sales de terre. Les gens me regardaient avec mépris quand je déambulais sur le trottoir. J'avançais dans le dédale des rues, encore émerveillé par la vue de ces belles montagnes. J'ignorais alors tous ces regards qui me méprisaient, moi, le bohémien, le cagot que j'étais devenu. Je rentrais exténué, escaladant une par une les marches qui menaient sur le seuil de mon appartement. Après un bon bain et un bon repas, je dormis jusqu'au petit matin.

Les jours suivants, quand j'accompagnais les clients à Pierrefitte, je revivais souvent les chemins des trois sentiers au fond de la vallée du Marcadau. Je retrouvais alors l'ours et ses oursons, la Grande Fache, le Vignemale et tous ces magnifiques lacs. Le soir venu, je regardais les images développées que j'avais prises avec mon daguerréotype. J'avais toujours ce petit pincement, ce regret quand je regardais le pic de la Grande Fache.

Tourmenté par l'histoire des deux tableaux que j'avais immortalisés également avec mon appareil, j'espérais ce matin-là, la venue de Georges pour éclaircir toutes les questions que je me posais sur le charnier du Lys et sur le moine. « *Que voulait bien dire tout ça ?* ».

Je devais absolument lui parler, lui seul connaissait sûrement les origines de cette histoire. Il en savait incontestablement un peu plus que moi. Mon attente fut assez brève quand le samedi, à l'heure du déjeuner, Georges frappa à la porte.

« Bonjour, Louis, je suis content de te revoir.

— Moi aussi, Georges, moi aussi.

— Je suis impatient, raconte-moi tout. Alors, cette excursion ?

— Avant tout, il fallait absolument que je te voie.

— Rien de grave j'espère ?

— Non ! J'ai juste quelques questions à te poser. Enfin, plutôt une énigme à résoudre.

— Je t'écoute, raconte-moi, Louis.

— Elle concerne l'histoire du charnier du Lys, tu sais, celle que tu nous as racontée l'autre jour sur la route qui menait à Cauterets.

— Oui, je m'en souviens. »

C'est alors que je lui relatai toute l'histoire, absolument tout ce qu'il devait savoir. Les deux tableaux accrochés dans l'hôtel de ses parents, les dolmens de la vallée du Marcadau et la légende sur le charnier du Lys.

Il s'assit, abasourdi par cette découverte. Puis il me dit en regardant les photos des deux toiles :

« Oui, je reconnais ces tableaux ! C'est mon père qui les a achetés, il y a quelques années, dans une foire. Il est vrai que je n'ai jamais réellement porté beaucoup d'importance à ces deux gravures, vu le nombre de peintures qui se trouvent à l'hôtel bien plus jolies que ces deux-là. Mais attends, même si tu rapproches ces deux toiles, il manque quelque chose. Comme si une image avait été effacée.

— Non ! Regarde, Georges, il manque simplement un autre tableau, les montagnes ne coïncident pas. »

Je lui montrai alors les endroits exacts des deux gravures qui ne jointaient pas. Et après une profonde analyse, Georges répéta, stupéfait :

« Mais bien sûr, le Vignemale ! Il manque le Vignemale ! Regarde bien, me dit-il, là sur le fond panoramique des deux représentations ! Il y a toutes les montagnes que l'on peut voir du mont Monné, là où justement le charnier se trouvait, et si tu regardes bien ici, entre ces deux montagnes, il y a normalement le Vignemale. Il manque curieusement le Vignemale pour finir la liaison.

— Dis-moi, cette histoire est bien étrange...

— Oui bien sûr, Louis, d'autant plus que la légende du charnier du Lys est racontée depuis des générations. Cette histoire serait alors d'autant plus crédible. Ce que je veux dire par là, c'est que les légendes sont souvent tirées de faits réels. En revanche, les tumuli et les dolmens dateraient d'une période bien plus antérieure à cette histoire. Les Gaulois, par exemple, s'adonnaient à ce genre de culte païen.

— Te souviens-tu, Georges, de ma visite à l'abbatiale de Saint-Savin ?

— Oui, je m'en souviens. Avec le couple qui avait insisté pour que tu les accompagnes.

— L'homme s'appelait Adrien. Il était passionné d'histoire. Il avait fait des études à Toulouse, dont une thèse sur tous les saints de France. Saint Savin, justement, en faisait partie. Je me souviens, à l'entrée de l'église…

— Qu'y a-t-il à l'entrée de l'église ? me demanda Georges.

— Un bénitier. À l'entrée de l'église, il y a un bénitier sculpté dans de la roche. On peut y voir des cagots porter une vasque.

— Comment peux-tu savoir que c'étaient des cagots ?

— D'après Adrien, leurs vêtements ne correspondaient pas aux habits des moines ni à ceux des villageois de l'époque. Il m'avait bien confirmé qu'il s'agissait de cagots. Je m'en souviens, j'avais trouvé ça bien curieux que des cagots soient mis en valeur sur du mobilier saint.

— Oui, tu as raison, Louis, on peut tout de même se poser la question. Dans les églises, les cagots sont souvent représentés avec une forme méprisable, les pieds palmés ou dotés de grandes oreilles. Ils sont sculptés en gargouilles et non en train de porter un bénitier. Mais où veux-tu en venir et pourquoi me parles-tu des cagots ? »

Sensible à ses attentes, je continuais mes explications :

« Sais-tu ce que veut dire "cagot" ?

— Non, je ne le sais pas, Louis.

— Ce nom veut dire, d'après les historiens, "chien de Goths". Un guide, qui se trouvait au lac de Gaube, m'a raconté l'origine de ce nom. Il m'a révélé aussi l'existence de Wisigoths dans la vallée du Marcadau.

— Ce n'est pas possible ? Il était sûr de lui ?

— Oui, Georges, il était sûr de lui. Tu connais la réputation des guides de la vallée ? Ils sont réputés pour leur connaissance de la faune, la flore, la topographie et même l'histoire des lieux. Ils ne peuvent pas mentir à ce point ! Écoute-moi bien, Georges, écoute ce que je vais te dire. Je pense réellement que le moine sur ce tableau était à la recherche de protection, et le seul endroit où il pouvait trouver refuge du VIIIe siècle au Xe siècle, période des invasions vikings, se trouvait au fond de la vallée du Marcadau. Là où, justement, à cette époque, on pouvait rencontrer cette tribu d'anciens Goths.

— Je suis abasourdi, Louis, par toutes ces découvertes, et cette histoire est tellement insensée. Je pense que tu as raison. Mais tu dois en apporter la preuve ! »

Je voyais qu'il était perdu et désorienté dans ses pensées. Georges se posait autant de questions que moi. Il ne savait même plus quoi dire.

« Je dois en savoir un peu plus, Georges, je dois continuer mon enquête. »

Alors il me confia :

« Une vieille famille de Cauterets, propriétaire d'une auberge *l'hôtellerie de la fruitière* dans la vallée de Lutour, pourrait peut-être t'aider. Je connais bien le fils, il s'appelle

Frederick. Scolarisé à l'école de Cauterets, il m'avoua à l'époque que son grand-père et son père étaient conteurs dans la vallée. Ils connaissaient plein de récits, transmis depuis plusieurs générations. C'est lui qui m'a raconté l'histoire du charnier. Le fils continue à raconter des histoires dans la vallée, poursuivant l'héritage de ses aïeuls. S'il y a quelqu'un qui peut te renseigner sur cette histoire, c'est bien lui, ou son père. Son grand-père, malheureusement, n'est plus de ce monde : il est mort il y a quelques années.

— Il n'y a pas que ce conteur, Georges, qui pourrait me donner des explications. Adrien aussi pourrait sûrement m'éclairer sur cette énigme. Ces deux personnes peuvent, finalement, me guider, m'aiguiller dans ma quête. Je suis curieux de savoir ce qu'ils vont bien pouvoir me dire ! »

10. Le lac Bleu

Deux semaines s'étaient écoulées et, le dimanche, nous étions tous invités à dîner chez Jeanne et Paul. Georges comptait absolument sur ma présence pour me présenter sa compagne, Betty. Sans hésitation, je décidai de les rejoindre. Georges avait fait la connaissance de cette ravissante, jolie fille, au pied du cirque de Gavarnie. Très mondaine et tout à fait le style de personnalité qu'il aimait. Elle avait cette petite naïveté qui enthousiasmait Georges. Celui-ci avait l'élégance de profiter de la moindre situation fortuite, pour lui faire croire toutes sortes de bêtises. Cette petite distraction animait le repas. Jusqu'à ce que Paul, comme à son habitude, enchaîne malheureusement sur les futurs projets de la ville. Ce jour-là, la construction d'une orangerie au jardin Massey et d'une allée marchande, le marché Brauhauban, était d'actualité. Mais cette année-là, l'actualité principale restait l'Arsenal. Le licenciement de milliers d'ouvriers sabotait malheureusement trop souvent l'atmosphère qui régnait autour de ces repas. Moi, je restais toujours un peu à l'écart de tout cela. J'écoutais leurs discussions sans avoir aucune opinion particulière. J'avais de bons rapports avec eux, mais ces conversations sur la ville que je connaissais à peine ne me concernaient pas particulièrement, et le fait de me livrer réellement sur ce sujet était tout simplement exagéré. En revanche, j'étais toujours émerveillé par Jeanne, son regard qui me troublait à chaque instant, son rire, sa silhouette qui enchantaient, dans leurs moindres détails, mon bonheur. Quand soudain Paul, ce jour-là, m'interpella et me questionna ironiquement :

« Et votre périple à Cauterets, Louis ? Qu'avez-vous découvert de si particulier qui puisse nous intéresser ? »

Georges répondit à ma place, sachant que j'étais gêné par l'insistance de sa demande.

« Je pense que vous seriez surpris par Louis, mon cher Paul, ce jeune homme est plein de ressources.

— Ah ! bon, eh bien voyons si Louis est si plein de ressources ! Il a sûrement quelque chose à nous faire partager de son escapade pyrénéenne. Alors, Louis ? Nous vous écoutons. Qu'y a-t-il de si particulier dans ces montagnes ? »

Georges avait raison, c'était vrai, je n'aimais pas m'exprimer ou me vanter en public. J'étais gêné. Ça me rappelait soudain ce riche Parisien, intrépide chasseur d'ours, glorifié par tous ses amis à l'écoute de tous ses mensonges.

Alors je remerciai Georges pour son intervention. Puis, sans rien dire, je sortis de ma sacoche deux images que j'avais prises avec mon daguerréotype, une où l'on pouvait voir la Grande Fache, que j'offris à Georges, et une autre qui représentait le lac d'Arratille, que j'offris sous le regard glacé de Paul, à Jeanne.

J'entendis alors ces quelques mots qui virevoltaient autour de la table :

« Exceptionnel, quelle beauté, remarquable ! »

Je leur dis alors, modestement :

« Avant que vous ne me posiez d'autres questions, vous avez dit simplement les quelques mots que je pouvais prononcer de mon expédition. Il n'y a en fait pas d'autres mots, rien d'autre pour exprimer ce que j'ai vu et ressenti. Ça serait simplement maladroit de ma part de dire autre chose.

— Je vous l'avais dit, Paul, que mon ami Louis est plein de ressources ! », dit fièrement Georges dans un ton ironique.

Je sortis ensuite une autre image de ma sacoche et l'offris à Jeanne et Georges. On pouvait y voir leurs parents sur le perron de leur hôtel.

« Celle-ci, c'est pour remercier vos parents de m'avoir si gentiment accueilli. »

Jeanne et Georges étaient bouleversés par mon attention.

« Quelle belle image ! Nos parents seront si contents, vous pouvez le croire, Louis. »

Après ces mots, je finis tout simplement le dîner puis je repartis avec le souvenir du regard ému de Jeanne.

Les semaines passèrent et le désir de la revoir était de plus en plus pressant. Réciproquement, elle avait de l'affection pour moi. On se croisait souvent dans les rues de Tarbes. Et quand je ne la croisais pas, je la cherchais dans toute la ville, entre les boutiques. On évitait d'être vus trop souvent ensemble. C'était juste un petit bonjour ou quelques petits mots furtifs d'une rue à une autre pour ne pas éveiller les soupçons. Car, à cette époque, Tarbes était plus petite qu'aujourd'hui. Tout se savait vite, même une petite amourette. Les jours passaient. Je voyais que Jeanne était gênée. Elle bégayait et me priait quelquefois de partir. Pour moi, c'était juste mignon de la voir soudain fondre à mes attentes. Après toute cette histoire, j'étais rarement invité le dimanche chez Jeanne et Paul. Je comprenais tout à fait le malaise que pouvait provoquer ma venue. Je l'aimais, et dans cet amour impossible, j'étais persuadé qu'elle ne viendrait jamais à mes côtés.

Comme à son habitude, Georges venait toujours le samedi boire le thé à mon appartement. Il savait pour Jeanne et moi. Il ne m'en voulait pas. Il était même plutôt satisfait. Sa présence me réconfortait car j'avais, grâce à lui, des nouvelles de sa sœur et les confidences de celle-ci étaient plus que convaincantes à mon égard. J'étais rassuré et impatient de la revoir. Elle me manquait terriblement. Alors je décidai de laisser faire les choses et d'ignorer un peu toute cette histoire. Et pour l'ignorer, j'avouai à Georges qu'une petite escapade dans les Pyrénées s'imposait.

Dans le contexte, il admit :

« Je suis tout à fait d'accord avec toi, Louis. Le fait de te balader t'occupera l'esprit. C'est pourquoi tu vas m'accompagner. Je voudrais absolument que tu viennes voir un lac perché dans une vallée au-dessus de Bagnères-de-Bigorre. »

Curieux, j'étais attentif à ce qu'il allait m'annoncer. Georges me le présentait comme l'un des plus remarquables et des plus beaux lacs des Pyrénées.

« Très facile d'accès, nous y avons fait, avec Betty, une petite escapade. Elle qui se plaint pour un rien, je t'assure qu'elle a sincèrement apprécié l'aventure. Tu vas voir, tu ne vas pas le regretter. »

Il n'eut pas besoin d'insister trop pour que je l'accompagne. Alors, le samedi matin, on quittait Tarbes en direction de Bagnères-de-Bigorre. Le train était aussi bondé de curistes que celui que je prenais tous les après-midi pour Pierrefitte. En revanche, la vue vallonnée et boisée me dépaysait de mon parcours quotidien. On arrivait enfin à la ville, qui était comme toutes ces villes touristiques, étouffante de monde. Les thermes de Bagnères-de-Bigorre en étaient depuis des siècles la cause. Ses sources existaient depuis 150 000 ans. Elles garantissaient de l'eau sulfatée, calcique et magnésienne qui permettait de soigner les troubles de la gorge, des bronches, les rhumatismes ainsi que les affections nerveuses. Elle jaillissait à une température de 50 °C, après avoir été filtrée par la roche et avoir dissous les sels minéraux à plus de 1 000 mètres sous la ville. La clientèle qui se rendait à Bagnères était différente de celle de Cauterets. Elle recherchait plus le repos et le calme que la frénésie des hauts sommets pyrénéens. La ville attirait une autre forme de curistes qui préférait la proximité de la vallée herbeuse que la roche des hauts sommets pyrénéens. La cascade de Grip, la grotte de Campan et, pour les plus courageux, le pic du Midi, étaient les lieux préférés de ces curistes qui ne rataient pas une occasion pour s'évader de leur quotidien thermal. De nombreux écrivains et poètes revendiquaient dans leurs manuscrits toute la beauté et le charme de ces lieux atypiques. De retour chez eux, quand ils publiaient leurs écrits romanesques, ils incitaient d'autres personnalités aussi célèbres à séjourner dans la ville.

On traversait Bagnères à bord d'une calèche que l'on s'était procurée à proximité de la gare. L'ombre des grands arbres de la promenade des Coustous, place centrale de la ville, rafraîchissait les chevaux qui, patiemment, stationnaient devant les luxueux hôtels. Les terrasses des cafés entouraient cette grande place. Quelques curistes s'y retrouvaient après leurs soins. Ils écoutaient les concerts des Chanteurs pyrénéens. Attirés par la gourmandise et ne pouvant supporter leur régime drastique, certains d'entre eux se retrouvaient devant les étalages. Ils succombaient aux multiples pâtisseries qui leur étaient proposées. D'autres marchaient le long de cette place, ravivant leurs membres engourdis par des cures intensives.

« On arrive enfin sur la route qui nous mènera à l'entrée du sentier. », me dit Georges.

On pouvait voir sur notre gauche le torrent de l'Adour qui grondait après quatre jours de pluie. Au bord de ce chemin, de pauvres mendiants attendaient avec impatience un peu de générosité. Malheureusement, les aristocrates snobaient trop souvent ces gens. De temps en temps, à leur passage, quelques moqueries pouvaient se faire entendre. J'interpellai le cocher pour qu'il s'arrête un instant.

« Arrêtez-vous là ! Arrêtez-vous là ! »

Je donnai alors à ces malheureux un peu de bonheur. Cette émotion réciproque me combla tout autant qu'eux. Alors je regardai leurs visages tout sales s'éclairer d'un joli sourire. Je remontai instantanément dans la calèche afin de repartir.

Après le village de Beaudéan, on bifurquait sur un vieux chemin de pierre. À mesure que nous avancions, nous découvrions toute une vallée. Nommée la vallée de Lesponne, elle rafraîchissait de ses montagnes les promeneurs qui se baladaient. Entourées par les vaches et les brebis, les vieilles bergeries situées en contrebas longeaient le torrent de l'Adour. Le beurre y était fabriqué grâce à l'eau glacée qui s'y déversait. On continuait notre route le long de ces verts pâturages. À droite, la cascade de Magenta attirait les poètes romantiques. Ils venaient s'enrichir de ces lieux pour écrire leurs délicieuses brèves.

Sortie du village de Lesponne, notre calèche entamait une grosse montée au milieu d'une épaisse forêt de hêtres. Au bout, une auberge annonçait le début du sentier.

Pour quelques sous de plus, Georges demanda au cocher de rester et de nous attendre devant l'auberge. On abandonna celui-ci instantanément pour entamer sereinement notre ascension. On s'enfonça alors au milieu d'une forêt de vieux sapins. La bruine avait humidifié le sol tapi de fougères. Une clairière fleurie se dévoilait au milieu des méandres d'une veine d'eau qui semblait être une des sources de l'Adour. On longeait à droite le flanc de la montagne, puis le sentier montait difficilement en de multiples lacets. On arrivait enfin au pied du lac.

« Le lac s'apprécie de plus haut, me dit Georges. Marchons un peu plus. »

On continuait à grimper le long d'une paroi rocheuse et, quelques minutes plus tard, sur le promontoire d'une falaise, on admirait enfin toute la splendeur de ce lac. J'étais subjugué, fasciné par la teinte de son bleu et de ses parois tachetées par les reflets blancs des névés qui l'entouraient. Ce lac avait tout pour plaire. Cette simple coloration éphémère émerveillait mon regard. Ses eaux glacées jaillissaient au milieu de petites roches. En contrebas, de notre belvédère, notre regard s'attarda également un court instant sur la vallée. Plus loin, un petit lac, le lac Vert, se fondait au milieu d'un écrin de verdure. Georges avait emporté de quoi nous restaurer. Il sortit de sa besace tout un cérémonial culinaire qui sublimait de son odeur tout le panorama que nous contemplions. Nous pouvions simplement profiter de cet instant de convivialité. Il n'y avait plus que le silence que l'on entendait. Plus rien ne pouvait nous faire partir. On était en admiration, comme hypnotisés par ce site. Les rayons du soleil scintillaient sur la surface du lac et les petites vaguelettes vivifiaient ce décor changeant. On était fascinés. Plus on le regardait et plus nos yeux se fatiguaient. Quelques instants plus tard, ensorcelés par ce pittoresque tableau, on s'endormait. Mais nos rêves allaient être de courte durée. Un bruit furtif nous réveilla subitement. Un gros bloc s'était décroché de la falaise. La glace qui le fixait à la paroi depuis des milliers d'années avait cédé. Cette roche avait roulé pour finir son inévitable course dans le lac. L'éclat de l'énorme plongeon effaça brusquement notre tranquillité. Un peu plus tard, de gros nuages s'invitaient dans ce cirque. Ils couvraient doucement les pics qui nous entouraient. On décida de repartir avant que la pluie ne s'invite. Je remplis une gourde d'eau fraîche avant d'entamer la descente. Face à nous, la vallée se couvrait à son tour. À l'approche de la forêt, on pouvait voir notre parcours évoluer. Plus loin, entre les arbres, j'aperçus enfin le cocher qui nous attendait. Au milieu des montagnes, un éclair surgit, brisant fatalement la roche sur un des sommets face à nous. Suivi d'un terrible grondement, le fracas résonna dans toute la vallée. Ce bruit profond nous paralysa de peur. L'onde tremblante se déploya jusque sous nos pieds. Effrayé, je regardais les sommets se couvrir davantage. Il ne fallait pas tarder. On reprit la route instantanément, laissant derrière nous ces lugubres montagnes. Les brebis s'étaient réfugiées dans les bergeries le long de l'Adour. On sortait enfin de la vallée de Lesponne pour bifurquer sur la vallée de Bagnères. Quelques minutes plus tard, on arrivait à la ville. On retraversait la grande place des Coustous. Curieusement, elle s'était vidée. La ville était comme morte. La peur d'un orage à l'approche des nuages avait fait fuir les curistes. Il était tard et l'obscurité avait pris l'avantage. On arrivait enfin à la gare pour prendre le train du retour. Derrière la vitre de notre compartiment, on regardait les éclairs éclater au loin. Le rythme effréné de la foudre illuminait la ville. On pouvait la voir comme en plein jour. Arrivé à la gare de Tarbes,

Georges changea de train pour rentrer à Pierrefitte. Alors, je rentrai seul avant que la pluie ne tombe. Je sillonnai le trottoir vers mon appartement. Les boutiques pliaient leurs devantures les unes après les autres. Les mendiants rentraient avec leurs chiens se protéger du mauvais temps. Soudain, le tonnerre gronda vers le vieux bourg. De grosses gouttes tapissaient la brique rouge des vieilles bâtisses. Les façades imbibées d'eau changeaient de teinte, à mesure qu'il pleuvait. Avant de rentrer, je m'arrêtai boire un verre de lait chaud dans un café. Installé au comptoir, je lus un quotidien. Quatre personnes finissaient leur partie de cartes. À côté de moi, deux ivrognes chantaient des chansons pyrénéennes. Je tournais les pages de mon journal et j'écoutais la douce mélodie qui retentissait dans le bistrot. Quelques instants plus tard, l'averse cessa. La boue longeait les caniveaux et retombait dans le canal un peu plus loin. Je repartis après avoir fini tranquillement mon verre. À l'approche du centre-ville, la rue se remettait doucement à vivre. Sur la place Maubourguet, la fanfare des hussards, dérangée par la pluie, se remettait à jouer. Je rentrais épuisé dans mon appartement. Je montai les escaliers, espérant les dernières marches. Étonnamment, la porte était entrouverte. Je finissais de la pousser doucement. Une ombre se découvrit à la lueur des éclairs. Cette silhouette m'était familière, c'était celle de Jeanne. Elle s'était enfuie de chez elle après s'être querellée avec son mari.

« Bonsoir, Louis. Je ne savais pas où me réfugier. Je n'avais aucun endroit à part celui-ci. »

Surpris par sa présence et épuisé, je réussis avec effort à l'écouter attentivement. Tremblotante de peur, elle m'avoua que Paul l'avait questionnée de jalousie.

« Vous avez bien fait, Jeanne. Vous pouvez rester le temps qu'il vous faudra.

— Je ne vous avais pas vu depuis plusieurs semaines, me dit-elle. Je n'avais des nouvelles que par mon frère. Ça me tardait de vous revoir. Ne vous ai-je pas manqué ? »

J'étais heureux de la voir, mais ne sachant pas quelle réponse lui donner dans ce contexte avantageux, je lui dis simplement :

« Oui, vous m'avez manqué, tous les jours vous me manquez, du matin jusqu'au soir, et quand vous serez partie et que vous m'éviterez de peur que votre mari ne vous surprenne, vous me manquerez encore. »

Choquée et triste, elle me répondit timidement :

« Ne vous vexez pas si je vous dis que ma situation est bien compliquée, car dans mon désarroi, c'est bien vous que je viens voir. »

Je m'approchai maladroitement, aussi perturbé qu'elle.

« Ne vous inquiétez pas, votre mari ne viendra pas vous chercher ici. »

Puis elle m'enlaça face à la fenêtre. De là, je pouvais entrevoir une partie de la rue. Son mari, Paul, nous observait depuis un taxi qui repartit instantanément dans la pénombre. Je n'y pris pas attention, à ce moment-là. J'étais seulement heureux d'être avec Jeanne.

« Voulez-vous rester ici ce soir ? lui demandai-je. La nuit est tombée, il fait froid et même si vous rentrez maintenant, les tensions avec votre mari ne seront pas dissipées. »

Avant de m'embrasser tendrement, elle me dit :

« Je n'ai pas l'intention ni nullement l'envie de repartir chez moi. »

On s'embrassa de nouveau. Ses mains tremblaient. Elle était sûrement heureuse d'être avec moi. Mais elle était surtout terrifiée. Je la rassurais encore et encore pour la mettre à l'aise. Après un bon bain et un bon repas, on s'endormit enlacés l'un contre l'autre jusqu'au petit matin.

11. Flânerie

Je me baladais dans les rues de Tarbes. Le long du trottoir, quatre femmes partaient à l'un des multiples lavoirs de la ville. Plus loin, les chars à bœufs des marchands de bois portaient leurs trouvailles au marché, suivis des chevaux espagnols qui marchaient en rythme devant les vitrines des commerçants. Guidés vers la halle en construction, les habitants curieux se rendaient au bout de la rue – la halle Marcadieu. Les fidèles, eux, se retrouvaient à la nouvelle chapelle de l'autre côté de la ville – la chapelle Sainte-Anne. Mais la promenade préférée des Tarbais, c'était bien le jardin Massey. On pouvait se balader entre les allées rythmées par les sourires des courtisanes. Plus loin, une grande bâtisse était surplombée en son milieu par une grande tour. Elle dominait tout cet écrin de verdure. Je montai les quelques marches qui me séparaient du pinacle[41]. De là, je pouvais admirer toute la chaîne des Pyrénées. Je contemplai alors cette forteresse tachetée de blanc, cette citadelle imprenable respectée de tous. Je distinguais alors le Balaïtous ainsi que le Vignemale. J'imaginais Cauterets en cette saison : les bergers qui rentrent leurs brebis, les isards qui redescendent vers la vallée à la recherche d'un peu de verdure, les ours qui hivernent, et les marmottes qui hibernent dans leurs trous, la glace qui attaque le lac Nère petit à petit jusqu'à son milieu. Envoûté dans cette tour de brique, je m'évadais dans le silence de ces montagnes que je contemplais.

Depuis mon promontoire, je discernai une silhouette familière qui sillonnait les allées du parc. Cette dame venait puis repartait, ne sachant pas trop où aller. C'était Jeanne. Elle était à ma recherche. Je lui avais donné rendez-vous dans ce parc. Je décidai de l'attendre dans ma tour, observant ses moindres faits et gestes. Je ne scrutais plus les montagnes à l'horizon. Mon regard s'était complètement détaché de cette forteresse. Il s'animait maintenant à la vue de cette douce dame qui recherchait avec ardeur son amour au milieu de ces allées. Son regard se souleva enfin et, dans un sourire exaspéré, elle monta les escaliers qui nous séparaient.

« Je vous ai cherché partout, me dit-elle, essoufflée. Vous auriez pu me dire que vous étiez ici.

— Je vous avais vue de loin. J'espérais simplement que vous me trouveriez. Quel endroit magnifique ! Regardez la surprenante vue ! On voit quasiment toute la chaîne des Pyrénées.

— Je me suis dépêchée de vous retrouver. Je voulais vous annoncer que j'ai fait les démarches pour réclamer le divorce, que malheureusement Paul a refusé. Si vous êtes d'accord, j'aimerais bien m'installer chez vous ?

— Êtes-vous sûre de votre choix ? »

Elle me répondit avec humilité que oui et que depuis très longtemps, elle espérait cet instant.

Je lui dis :

« Moi aussi, depuis le premier jour que j'ai croisé votre regard, j'espérais venant de vous une marque d'affection à mon égard. Alors oui, vous pouvez vous installer chez moi, avec grand plaisir. »

J'enlaçai Jeanne et je regardai une dernière fois ces immenses montagnes qui dessinaient l'horizon.

12. Repas campagnard

Le samedi qui suivit, je quittai les Hautes-Pyrénées pour rejoindre la campagne du Gers. Direction Pallanne. La joie de ma mère et de mon père qui m'attendaient dans le hall de la gare me remplit de bonheur. Mes frères avaient grandi, leur curiosité et leurs questions rassuraient mes parents attentifs à mes réponses. Je leur racontai tout ce qu'ils avaient besoin de savoir : mon travail, la rencontre de Georges et de Jeanne, la visite du village de Saint-Savin, Cauterets, la beauté des lacs. Je leur montrai aussi les images prises avec le daguerréotype. Ils étaient impressionnés. Puis, à leur tour, ils me relatèrent tout ce qui s'était passé pendant mon absence. J'étais heureux de profiter de ces deux jours de repos avec eux. Le soir venu, on se retrouva autour d'un grand repas préparé soigneusement par ma mère. Arrivés au village, oncle Maurice et tante Annie, ainsi qu'oncle Henri et tante Suzanne, vinrent partager le repas. Mes quatre cousins et mes deux cousines les accompagnaient. Ma mère avait profité de l'événement pour tous les inviter. Le repas s'illumina dans une liesse de joie réciproque. Le son des chants occitans entonnés par mon père et tante Suzanne virevoltait de douce mélodie. Le repas s'éternisa au milieu de la nuit. Dans cette musique qui enivrait mon esprit, je m'imaginais là-haut, au pied de la Grande Fache ou dans la forêt du lac de Gaube. Les grands sapins centenaires, ces grandes chandelles, occupaient mon esprit. Je regardais la table, ensorcelé par le charme des bougies qui nous éclairaient. Je me retrouvais assis au coin du feu, regardant les truites moucheronner sur le lac d'Arratille. Puis je rêvais du Vignemale, toujours là. Soudain, je vis le moine courir, un parchemin à la main. Poursuivi par les Normands, il fuyait de peur dans la forêt au-dessus de Cauterets. Ses frères venaient d'être torturés par un autre groupe de barbares. Lui seul avait pu s'échapper. Essoufflé, épuisé, il priait, voyant sa triste fin approcher. Tout à coup, retentissait dans la montagne un bruit d'olifant. Le moine reprenait un nouveau souffle, comme si le bon Dieu avait entendu ses prières. Les Normands s'arrêtaient d'inquiétude, car ils n'étaient plus des chasseurs. Après le bruit de l'olifant, ils étaient devenus des proies. Un autre son plus fort, résonnait, venant de la montagne opposée. Il semblait inexorablement se rapprocher. Les Vikings étaient pris en tenaille. Les cagots étaient bien là. Ils descendaient par tous les flancs. Assoiffés de vengeance, les armes à la main, ils voulaient protéger leur ami le moine. Soudain, j'entendis au loin une petite voix :

« Louis, Louis, réveille-toi, Louis, tu t'es endormi. Il est temps que tu ailles te coucher. »

Dans ma fatigue, je trouvai le dernier effort pour aller dormir dans ma chambre. J'espérais, dans mon futur sommeil, retrouver le rêve que je venais de quitter.

Le dimanche matin, je me levai tôt pour admirer, depuis la fenêtre de ma chambre, le paysage que j'avais laissé un an auparavant. Quelle beauté ! J'immortalisai l'instant en me servant de mon daguerréotype. La joie fut de courte durée. Le soir venu, je préparais déjà mes affaires pour le retour à Tarbes. Je repartis dans le train emportant avec moi les confitures de mirabelles et de cerises que ma mère avait confectionnées. Je regardai mes parents esquisser un dernier au revoir le long du quai. Derrière la vitre du wagon, je les saluai à mon tour, puis je m'assis en conservant tout au long du trajet les souvenirs de ces deux merveilleuses journées.

13. Le retour

Mai 1882. De la fenêtre de mon appartement, j'observais la place Maubourguet. Comme tous les samedis à cette période printanière, le rythme de la ville s'animait. Ce jour-là, un séminaire était organisé. Georges était venu boire le thé. Il était satisfait, ainsi que ses parents, que je vive avec Jeanne. Aucun reproche et aucune critique n'étaient, d'après Georges, exprimés sur notre relation. Il me confia ce jour-là que Paul voyait depuis quelques années une autre femme, et que Jeanne avait fermé les yeux depuis bien trop longtemps sur ses infidélités.

Je lui annonçai mon désintérêt pour toute cette histoire. Le principal pour moi était que Jeanne soit heureuse.

Ce samedi-là, il tenait sous le bras une sacoche qu'il déposa sur la table du salon. Il l'ouvrit délicatement puis il en sortit une grande carte.

« Tiens, me dit-il, regarde ce plan, je l'ai récupéré chez un guide. Il a été dessiné par un pyrénéiste[42]. Il précise l'existence d'autres lacs au-dessus de Cauterets. Regarde, Louis, c'est la vallée de Lutour. »

Je regardai plus attentivement les sentiers gravés sur le plan. Ensuite, comme une certitude, je posai précisément mon doigt sur la carte.

« C'est l'auberge de la vallée !

— Oui bien sûr, c'est là que le conteur d'histoires habite. »

J'observai plus attentivement les tracés qui menaient vers plusieurs moraines. Six lacs y étaient mentionnés. J'étais comblé par cette découverte.

« Il faut préparer une excursion !

— Pourrais-je venir avec vous, Louis ? me demanda Jeanne.

— Bien sûr, le parcours sera d'autant plus attrayant à vos côtés. »

Je préparai sur la carte le tracé que j'espérais effectuer. Je pouvais analyser le moindre détail.

« Ce pyrénéiste devait être confirmé, Georges. La tenue de cette œuvre correspond à la bible du montagnard. Le simple arbre, la simple cascade ou le simple petit ruisseau y sont mentionnés, assurant au propriétaire de ce document de ne pas se perdre. Merci ! J'ai hâte de découvrir ce lieu. »

On partit un vendredi soir avec une dizaine de clients en direction de Pierrefitte. Après le départ du train, l'envie d'arriver était plus pressante que d'habitude, et les arrêts fréquents dans les petits villages me désespéraient. Seule la compagnie de Jeanne égayait ce voyage. Je pouvais admirer toute la gentillesse et la générosité dont elle faisait preuve. Elle sympathisait avec la fille d'un notable que l'on accompagnait, et en même temps, elle s'occupait d'une vieille dame qui venait profiter des cures pour soigner ses douloureux rhumatismes. Le train s'immobilisa. On était arrivés enfin à Lourdes. Un groupe de pèlerins longeait le quai. Il y avait parmi eux des amputés. Des blessés de guerre[43] qui venaient ici prier, espérant surement un divin miracle. Quelques minutes plus tard, on arrivait à Pierrefitte. Georges nous attendait pour décharger les marchandises. On abandonna ensuite le train pour poursuivre, comme d'habitude, la route en calèche. La vallée n'avait pas changé. La neige accumulée tout l'hiver grossissait l'impitoyable torrent qui coulait en contrebas. Dans les gorges, le gave dévalait sans opposition, plus fort ou plus doux suivant la chaleur. Les fleurs, toujours aussi présentes, égayaient ce paysage romanesque. Je contemplais explicitement la beauté de Jeanne. Sa silhouette se devinait le long de sa robe. Voyant que je l'observais dans ses plus beaux atours, elle me lança quelques regards timides qui rajoutaient à ce décor une irrésistible douceur. J'étais très contemplatif et très surpris par la réelle attention qu'elle portait aux exigences des clients. Elle s'occupait d'eux avec énergie et patience, attentionnée aux moindres demandes. J'étais simplement heureux qu'elle soit avec nous. Notre convoi s'arrêta sur la route. Une centaine de brebis qui montaient dans les hauts pâturages traversaient le chemin. Guidée par un pâtre et quatre chiens de berger, la colonie avançait à petits pas, évitant la moindre blessure au milieu du pierrier. On continua ensuite notre route jusqu'à Cauterets. On traversa la ville jusqu'à l'hôtel. Le père de Jeanne et Georges nous attendait, comme d'habitude, sur le perron.

« Bonjour, Louis, me dit-il. Je suis content de vous revoir ! Avez-vous fait bonne route ?

— Oui, nous avons fait bonne route, et moi aussi je suis très heureux de vous revoir.

— Vous savez que la neige a bien fondu en cette saison et que pour votre excursion de demain, vous aurez le temps idéal, enfin, j'espère…

— Il me tarde déjà. Et avec la compagnie de votre fille, le trajet ne sera que plus agréable. »

Je regardais Jeanne qui nous épiait avec insistance. Son sourire ravi en disait long sur l'entente joviale que je nouais avec son père. L'homme était drôle et captivant, avide de connaissances, il était très avenant avec tout le monde. Sans orgueil ni prétention, il se mettait toujours au même niveau intellectuel quand il discutait. Il ressemblait physiquement à Georges, Jeanne avait pris un peu de son humour.

J'entendis soudain cette petite voix familière. C'était leur maman. Elle venait nous aider à sortir les bagages.

« Bonjour, Louis, me dit-elle.

— Bonjour Madame.

— Venez avec moi, venez ! Vous vous rappelez quand vous étiez venu l'an dernier, je vous avais parlé de travaux que mon mari et moi espérions réaliser. »

On arpenta alors les grandes marches de l'hôtel jusqu'au dernier étage. Il y avait quelques ouvriers qui les montaient et les descendaient, des sacs de gravats à la main. Ce va-et-vient continuel laissait supposer que des travaux étaient bien engagés.

« On rénove une partie du grenier en chambres de bonne, me dit-elle. Elles serviront à loger tout le personnel. Le seul problème est que ces chambres ont une petite fenêtre qui donne sur une rue exiguë de la ville. Qu'en pensez-vous, Louis ?

— Ce n'est pas grave pour les fenêtres car c'est une riche idée que vous avez eue avec votre mari. Le personnel sera très heureux, et puis ces chambres seront, j'en suis sûr, bien confortables. »

Soudain, un long silence me fit supposer que la maman de Jeanne ne m'avait pas fait monter ici que pour voir les travaux. Je voyais qu'elle était inquiète et qu'elle se morfondait depuis bien trop longtemps. Elle avait gardé, ces dernières années, un mauvais souvenir sur la relation de Jeanne et Paul. Les terribles confidences de sa fille à cette époque ravivaient encore de la tristesse chez cette dame. Alors, espérant rassurer ses angoisses, après quelques hésitations, elle me questionna sur la relation que j'entretenais avec sa fille.

« Jeanne était si malheureuse, me dit-elle. On l'avait pourtant avertie avec mon mari. Mais elle croyait qu'avec le temps, la situation allait s'arranger. »

Je lui dis instinctivement pour la réconforter :

« Ne vous inquiétez plus pour elle. Son bien-être s'est considérablement amélioré.

— C'est vrai, me dit-elle. Et votre amitié avec son frère est, pour moi et mon mari, un gage de confiance rassurant. Je suis très heureuse pour vous et Jeanne.

— Allons, ne vous inquiétez plus, descendons, on va les aider à finir de décharger les bagages. »

On allait descendre le grand escalier quand Jeanne nous rejoignit. Ils avaient fini. Elle venait me chercher pour me faire visiter les thermes de César. J'étais ravi de sa proposition. L'affluence de ces lieux animait mon ignorance. Je voulais savoir ce qui se trouvait derrière ces murs. On traversa la grande place puis on arriva à quelques mètres de l'établissement. Désireuse et impatiente, elle me supplia de profiter des bains.

« Je t'assure que tu ne le regretteras pas, Louis. L'eau est pure et chaude, elle ne te fera que du bien, et puis tu n'es pas venu pour rien. Ne me dis pas que tu ne veux pas essayer ?

— Je ne suis pas sûr de vouloir tenter cette expérience, Jeanne. Mais si tu le souhaites vraiment, je ferai l'effort.

— Regarde, nous y sommes ! »

La façade ressemblait à un temple romain, consolidée de six colonnes de marbre. Un grand escalier y était adossé, sublimant un peu plus son modernisme.

« Ce bâtiment fut édifié pour amener les eaux de deux sources, me dit Jeanne. Celle de César et celle des Espagnols. »

Sur une affiche apposée à l'entrée, il était mentionné le traitement effectué par l'établissement, la température qu'il proposait et la sulfuration. Celui de César permettait de soigner les rhumatismes, les catarrhes[44] anciens, l'asthme humide, les dartres[45], ainsi que les affections lymphatiques[46].

L'intérieur était immense. La salle était bordé de cabines de bain. Il y avait la buvette qui se trouvait au centre. Deux grands escaliers conduisaient à deux immenses galeries. Les thermes de César étaient dotés de toutes les dernières nouveautés techniques dignes des plus grands établissements thermaux : des baignoires, des douches, des chauffoirs, des bains de pieds, et deux salles de pulvérisation et d'inhalation. Toutes ces structures neuves avaient vraisemblablement amélioré la qualité de l'établissement. Quelques minutes plus tard, je cédai à l'irrésistible désir de Jeanne. Celui d'essayer les quelques soins prodigués par l'établissement. Ce lieu était fort agréable. Envoûtés par les multiples soins prodigués, nous quittâmes dans un état léthargique l'établissement. Hagards, nous regagnâmes difficilement l'hôtel pour nous poser un peu. Le soir venu, je préparai nos sacs afin d'améliorer l'expédition du lendemain. Je ressortis une dernière fois la carte que Georges m'avait donnée. Il était dénombré quatre lacs, on y voyait le Vignemale, et juste écrit en tout petit et conseillé par le pyrénéiste qui avait réalisé ce chef-d'œuvre : « belvédère Col des Gentianes[47] ». Ce fut, en accord avec Jeanne, un endroit à ne pas manquer. Je pensais alors au but de notre aventure, au conteur d'histoires que Georges m'avait conseillé, au moine, au parchemin et au charnier du Lys. C'est pourquoi notre expédition avait une priorité : connaître enfin la vérité sur cette énigme. Cette histoire me tiraillait. L'envie de découvrir ce que ces toiles cachaient était de plus en plus pressante. Je voulais savoir…

14. La Fruitière

Le matin, je me levai doucement. Jeanne dormait d'un sommeil profond. Je quittai ma chambre, espérant trouver de quoi nous restaurer dans les cuisines de l'hôtel. Discrètement, je descendis le grand escalier. Je me faufilai adroitement, digne d'un des plus grands voleurs, en face des cuisines. Attendant patiemment le bon moment pour commettre le méfait. Les cuisiniers quittèrent enfin leurs postes. Dans le doute, j'attendis encore un peu, espérant qu'il n'y ait vraiment plus personne. Alors, Je m'invitai furtivement dans la généreuse demeure. Je regardai partout, souhaitant un mets, un délice ou un je-ne-sais-quoi que Jeanne savourerait. Posés sur la table, quelques bons petits choux sauvés de la veille me provoquaient. Je goûtai le premier venu. La crème somptueuse qui l'honorait se transforma en un délice insoupçonné. Le deuxième et le troisième languirent mes papilles dans une gargantuesque frénésie. Il fallait que j'arrête.

Délicatement, dans une irrésistible gourmandise, je les emportai avec moi. Je regagnai précipitamment ma chambre de peur d'être démasqué par un témoin. Je poussai doucement la porte. Jeanne était réveillée. Elle m'attendait.

« Je croyais que tu étais parti, me dit-elle.

— Je te rassure, je n'aurais jamais quitté l'hôtel sans toi. Je suis juste allé chercher de quoi nous restaurer.

— Des petits choux ! Quelle belle attention ! »

Après notre insatiable collation, on descendit les marches de l'hôtel avec nos quelques affaires. Les serveurs commençaient à s'activer pour les deux ou trois curistes présents dans le grand salon. À l'approche des cuisines, dans un regrettable sentiment de culpabilité, j'entendis le chef cuisinier gronder son apprenti. Des choux se seraient, comment dire, volatilisés...

Dans la pénombre matinale, on se dirigea vers les écuries. Comme tous les matins, dans une discrète tournée, les porteurs de glace livraient les hôtels. On arriva enfin, Jeanne ouvrit le grand portail. Les chevaux étaient prêts, Georges avait tout préparé, comme à son habitude. Moi, je retrouvai le cheval que j'avais quitté un an auparavant. Il y avait sur le bord de ma selle un petit mot discrètement accroché sur lequel était écrit : « Il t'avait manqué ce cheval. Je le savais. Même à lui, tu lui as manqué. Faites une bonne route, profitez de cette journée et surtout faites bien attention. Ton ami Georges. »

Jeanne avait son cheval personnel. Il était de la même race que le mien. Un anglo-arabe docile, habitué à effectuer de longs trajets. On sortit des écuries direction l'hôtellerie de la Fruitière. On passa devant les thermes du Rocher, les thermes de César puis on arriva sur un petit sentier derrière les thermes de Pause. Le petit chemin longeait le gave de Cauterets puis celui de Lutour. Le soleil se levait enfin. Ce matin-là, il éclairait d'un pourpre éclatant le sommet de la montagne opposée. Je profitais du silence des lieux et de la présence de Jeanne qui avançait doucement juste devant moi. Quelques minutes plus tard, nous arrivâmes devant l'hôtellerie. Je proposai à Jeanne de s'y arrêter pour rencontrer Frederick ou son père. L'établissement, vieux et austère, inspiré d'un livre d'épouvante, longeait le bord du chemin. Au seuil de la porte, le gérant de la demeure, chasseur d'isards, préparait sa dépouille. Les chiens attendaient leur dû : des tripes et des abats. Ce chasseur devait sûrement être Frederick.

Nous entrâmes afin de faire connaissance avec l'aubergiste. L'intérieur était aussi austère que l'extérieur. Le toit en ardoises laissait entrevoir le jour. J'étais curieux de savoir quelles familles pouvaient dormir dans ce lieu impropre. Jeanne, très à l'aise dans ce capharnaüm, observa le lieu et me dit en chuchotant :

« Regarde, Louis, le vieil homme au fond de la cuisine, il est en train de plumer un coq de bruyère. »

En effet, au fond de la pièce, un vieux montagnard plumait sa victime tuée la veille. Sur le mur, on pouvait voir une hache affûtée, origine du piolet, à côté d'une grande corde et de crampons. À ses pieds, impassible, un chien des Pyrénées nous regardait. Le vieil homme nous salua de la main. Jeanne le salua à son tour. Il s'avança alors vers nous. Il nous servit un grand verre de lait chaud. Puis il nous demanda :

« Vous partez jusqu'aux lacs ?

— Oui, lui répondis-je. Nous partons visiter les lacs aux fonds de la vallée. Mais nous sommes venus ici aussi espérant vous rencontrer.

— Que me voulez-vous ?

— Un ami nous a informés que votre famille était conteuse depuis des générations.

— Oui, en effet, mon père me racontait les histoires que son père et son grand-père lui racontaient depuis bien longtemps, et alors ?

— Eh bien ! Il y a une histoire qui nous intrigue plus que tout.

— Et quelle est donc cette histoire ? »

Soudain, dans un silence glacial, je regardai Jeanne. Je savais que la vérité était tout proche et que j'allais connaître enfin la vérité sur toute cette histoire. Et pourtant j'étais là, impatient et triste à la fois. J'aurais voulu garder le peu de ce que je savais, enfin ce que j'avais dûment découvert. Mais il fallait absolument que je sache.

« Alors ? Je vous écoute ! s'exclama le vieil homme. Que voulez-vous savoir ? »

Jeanne répondit instinctivement :

« L'histoire qui nous intéresse parle à la fois d'un charnier, d'un moine et de cagots. »

Aussitôt, le vieil homme fronça les sourcils. On voyait que son attitude avait soudainement changé. Et dans l'étonnante situation, l'homme répondit instinctivement :

« Je ne connais pas ce genre d'histoires ! »

On voyait qu'il était gêné par notre question, et que dans son étrange raisonnement, il nous mentait. Alors j'insistai avec méfiance.

« Vous êtes bien sûr de ne pas connaître cette histoire ? »

Le vieil homme répliqua avec fermeté :

« Je vous dis que non ! Finissez vos verres et partez ! »

J'étais extrêmement déçu. J'étais sûr de moi. Je pensais découvrir enfin la vérité. Le vieil homme avait gâché le seul et unique espoir. Il mentait, c'était évident, il savait quelque chose, mais quoi ? Sans plus attendre, on finit nos verres et, sans un mot, on traversa la salle. Soudain, à notre passage au seuil de la porte, l'homme qui dépeçait ses dépouilles nous interpella. Il nous chuchota ces quelques mots, de peur que l'aubergiste ne l'entende :

« Excusez mon père. J'ai tout entendu. Je m'appelle Frederick. Je vous promets de tout vous raconter. Laissez-moi juste quelques minutes. Attendez-moi à l'orée du bois. »

On partit comme convenu à l'entrée du bois, et quelques minutes plus tard, Frederick nous y rejoignait.

« Il ne faut surtout pas que mon père nous surprenne ensemble. Pour espérer sortir, j'ai dû lui raconter que j'avais entendu une bête qui rôdait autour de l'auberge, et que je sortais voir si je la trouvais. Je n'ai pas beaucoup de temps, mais je promets de tout vous raconter. Tout d'abord, excusez mon père.

— Ce n'est pas grave, il doit avoir ses raisons, lui dit Jeanne.

— Oui, c'est vrai. Il a ses raisons qu'il garde au fond de lui. Ça fait maintenant trop longtemps. À cette époque, il était très jeune, trop jeune quand cette histoire s'est passée.

— Mais quelle histoire ?

— Une tragédie ! Cette histoire est une tragédie, et le fruit de cette tragédie n'est rien d'autre qu'un secret de famille.

— Mais quel secret, racontez-nous ! lui demanda Jeanne.

— Les secrets racontés de père en fils. Je me souviens que mon grand-père me racontait cette histoire le soir avant de me coucher. Toujours la même pour être bien sûr que je m'en souvienne et que je n'oublie surtout pas. Mon père ne voulait plus en entendre parler. Il s'était même disputé plusieurs fois avec mon grand-père. Il disait que cette histoire était source de malheur.

— C'est pour cette raison qu'il a menti ?

— Oui, c'est pour cette raison. Cette histoire est pour lui le fruit d'un drame.

— Un drame ? Expliquez-nous, Frederick, nous ne comprenons pas.

— Avez-vous entendu parler de William Henry Pattison et de Sarah Frances, son épouse ? »

Je me souvenais de cette balade au lac de Gaube l'an dernier et de la stèle portant le nom de ces deux malheureux, alors je répondis à Frederick :

« Oui, j'avais lu une version mentionnée dans un quotidien. Puis divers témoignages avaient été établis au fil des années sur ce terrible accident. Mais qu'est-ce que cette histoire vient faire là ? Quel rapport avec l'histoire du moine et des cagots ?

— Attendez juste que je finisse. Que savez-vous sur cette terrible histoire ?

— D'après la version mentionnée dans ce journal, il était dit qu'il y a quelques années, le couple d'Anglais était venu voir le lac. La femme était triste et paraissait souffrante. Le mari demanda s'ils pouvaient se promener en bateau sur le lac. On lui dit que oui. Il invita alors sa femme à y entrer avec lui, mais elle refusa sous prétexte que le bateau était mouillé, qu'elle avait des souliers minces et qu'elle s'enrhumerait. Le mari, fortement alcoolisé, insista beaucoup. Il demanda une planche au propriétaire de l'hôtel qu'il mit au fond du bateau pour garantir les pieds de sa femme de l'humidité. Puis il ajouta une grosse pierre qu'il posa au fond, car la planche ne suffisait pas. L'homme prit sa femme dans ses bras comme un enfant malgré sa résistance et ses cris et la mit dans le bateau. Il monta à son tour et se mit à diriger la barque vers le milieu du lac. Imbibé d'alcool, il se levait, criait, parlait haut et avait l'air de quereller sa femme qui pleurait. Puis il dirigea la barque dans une petite anse à gauche derrière un rocher qui la dérobait aux yeux de tous ceux qui étaient à terre. Tout à coup, on entendit des cris affreux qui partaient de cet endroit. La femme criait au secours mais il n'y avait sur le lac qu'une seule barque et l'eau y était si froide qu'il n'y avait pas moyen d'y nager. Les corps tout raides du couple avaient été retrouvés quelque temps après. Voilà ce que je peux vous dire sur cet accident. »

Je regardai Jeanne : elle était stupéfiée par ce qu'elle était en train d'entendre.

« Toute cette histoire est vraie, avoua Frederick, mais ce que vous ne savez pas, c'est pourquoi le mari ivre insistait pour partir en barque. Alors écoutez bien ce que je vais vous raconter : le 19 septembre 1832, on frappa à la porte de l'hôtel ; un couple d'Anglais se présenta sous les noms de William Henry Pattison et de Sarah Frances.

— Un jour avant leur mort ?

— Oui, un jour avant leur mort. Ils ont demandé à mon père une chambre pour passer la nuit. Le soir, le couple s'était querellé au sujet d'argent. D'après ce que mon grand-père m'a raconté, le couple était terriblement endetté. Ils devaient une fortune colossale à plusieurs banques anglaises. William était avocat à Lincoln's Inn, à Londres. Dans son activité, il avait rencontré un détenu qui avait commis plusieurs activités criminelles. Pour se défendre convenablement, le détenu avait demandé l'aide de William Henry Pattison, monnayant en contrepartie un parchemin qu'il avait obtenu dans un de ses multiples cambriolages. Ce parchemin datait apparemment du VIIIe siècle.

— Le parchemin du moine.

— C'est exact, c'était le parchemin du moine.

— Mais alors votre grand-père a vu le parchemin ?

— Non, pas mon grand-père, mais mon père oui. Malheureusement, cette histoire est tombée sur mon père. Ce jour-là, mon grand-père était parti chasser l'isard. Il n'y avait que mon père pour garder l'auberge.

— Et votre grand-mère, où était-elle ?

— Ma grand-mère ! Mon père ne l'a même pas connue.

— Mais qu'y avait-il sur ce parchemin ?

— Sur le parchemin, le lac Gaube, y étaient mentionnées la vallée du Marcadau et la vallée de Lutour. On pouvait deviner, avec le reste d'encre qui subsistait sur cette vieille peau, toutes les sources qui existaient à cette époque.

— Que représente ce parchemin ?

— L'endroit d'un trésor caché au milieu de ces montagnes.

— Mais quel trésor ?

— Le couple d'Anglais posa la même question à mon père. Lui aussi était stupéfié par ce qu'il avait sous les yeux. Il connaissait l'histoire du parchemin. Il savait même qu'il avait disparu au milieu du XVIe siècle au Pouey-Aspé, là où saint Savin était resté en ermite. À l'époque, une cabane avait été édifiée et un coffre y aurait été installé pour protéger le fameux parchemin. Il avait répondu au couple qu'il n'y avait pas de trésor, enfin pas celui auquel tout le monde aimerait croire. Celui-ci avait une valeur considérable à l'époque du moine mais aujourd'hui beaucoup moins.

— Mais quel était ce trésor ?

— Que savez-vous sur les cagots à cette époque ? demanda Frederick.

— D'après ce que l'on m'a raconté, les cagots étaient des anciens guerriers wisigoths qui vivaient au fond de la vallée du

Marcadau. Ils étaient appréciés de la population et aussi des moines de l'abbaye de Saint-Savin.

— Oui, vous avez raison. D'après l'histoire que me racontait mon grand-père, les cagots étaient des anciens envahisseurs, descendants d'anciens barbares. Défaits par Clovis, ils auraient trouvé refuge dans les vallées pyrénéennes. À Cauterets, ils s'étaient installés au fond de la vallée du Marcadau. Les cagots étaient souvent méprisés par les habitants de la vallée. Mais seulement, avec le temps, ils se sont familiarisés avec les populations autochtones qui trouvaient à leur égard une certaine compassion. Les temps de grosses famines, les moines les nourrissaient. Quelques centaines d'années plus tard, une tribu entière, plus de deux cents familles, vivait dans ces montagnes. Ces guerriers avérés protégeaient les populations alentour.

— Dans mes recherches, j'ai remarqué qu'à l'entrée de l'abbatiale de Saint-Savin, un bénitier était sculpté de deux cagots.

— C'est exact. Le bénitier prouve bien l'existence des cagots dans nos vallées à une certaine époque. Ce qu'il faut savoir, c'est que les cagots protégeaient la population des bandits quels qu'ils soient : voleurs, pilleurs ou envahisseurs. Mais ils ne protégeaient pas que la population. Le bénitier de l'abbatiale montre deux cagots portant une cruche remplie d'eau.

— Vous voulez dire que les cagots protégeaient l'eau ?

— Oui, les cagots étaient aussi les protecteurs de l'eau sacrée, comme les sources.

— Les sources seraient le trésor ?

— Oui. Voilà ce que les Anglais ne soupçonnaient pas. Ils croyaient que le trésor était des bijoux ou des pièces d'or, alors que la vérité c'est qu'à cette époque, une source d'eau chaude avait une très grande valeur. Les cagots s'étaient installés à proximité de ces sources chaudes. L'eau qui en jaillissait apportait la chaleur à toutes les habitations. En hiver, l'eau qui sortait des entrailles de la Terre à une température de 30 °C voire 40 °C réchauffait une grande partie de la vallée. Le fourrage permanent nourrissait le bétail qui s'y trouvait. Bien sûr, les ressources ne suffisaient pas pendant les rudes hivers. C'est pourquoi ils allaient chercher de la nourriture auprès des moines de l'abbaye de Saint-Savin.

— Où sont-elles passées ces fameuses sources ?

— Les sources n'existent plus, suite à de nombreux tremblements de terre. Grâce à des veines souterraines, elles auraient jailli en contrebas dans la vallée. Il paraîtrait même que ces sources seraient celles qui se trouvent à la Raillère.

— William et Sarah, qu'ont-ils faits par la suite ?

— Le soir, après avoir parlé à mon père, ils se sont morfondus sur leur sort toute la nuit. Ils avaient compris qu'ils étaient ruinés, que le parchemin n'avait plus aucune valeur. Alors William s'est enivré jusqu'au petit matin. Ils reprirent leur chemin dans une ambiance agressive. Voyant William ivre, mon père regrette justement de les avoir laissés partir. William arrivait tout juste à tenir sur son cheval.

— Je comprends enfin toute cette histoire. Elle me paraît soudainement plus claire. Mais il y a quelque chose qui ne colle pas avec celle du parchemin. Comment a-t-il pu encore disparaître ?

— Le parchemin n'a pas disparu. Il a été remis à un gardien juste après le départ de William et de Sarah. Depuis, il est toujours protégé par les cagots.

— Comment ça protégé par les cagots ? Je pensais que les cagots n'existaient plus depuis bien longtemps ?

— Comment pouvez-vous en être certain ? Tous ici sont généralement des descendants de ces fameux guerriers. Regardez le blason de Cauterets, que voyez-vous ?

— Je vois deux gros chaudrons remplis d'eau chaude et d'eau froide. Avec un choucas au sommet d'une montagne.

— Ces chaudrons représentent les sources d'eau chaude de Cauterets. Et le choucas semble les surveiller depuis un sommet. Les choucas sont de la même famille que les corbeaux. Dans les églises, ils étaient souvent sculptés en gargouilles. Ils représentaient, à l'époque, un animal ingrat rejeté par la population. On peut simplement les comparer aux cagots, eux aussi souvent sculptés en gargouilles. Leurs corps étaient munis d'ailes de corbeau. Sur le blason, nous avons tout simplement des corbeaux surveillant les sources. Si on regarde bien toute cette histoire, tout tourne autour de ces mauvais Goths, enfin ces cagots.

— Le parchemin, pourrait-on le consulter ?

— Pour quelle raison voulez-vous le consulter ? Je vous ai déjà tout dit.

— On aimerait juste y jeter un coup d'œil, pour y recueillir de plus amples informations.

— Non, je ne peux pas. Le parchemin est une relique sacrée. Même moi, je ne pourrais pas le consulter. Seuls les gardiens ont le droit de le voir.

— Les gardiens ? Vous me dites que les gardiens protègent encore ce vieux document. Mais pour quelle raison puisque les sources n'existent plus ?

— Je vous en ai assez dit. Vous savez tout ce que vous devez savoir, rétorqua Frederick.

— Répondez-moi : pour quelle raison les gardiens protègent les sources ?

— Je ne peux pas vous répondre, car je n'en sais rien. Je vous conseille juste d'oublier toute cette histoire. Je vous ai dit tout ce que je savais.

— Je suis sûr que vous ne nous avez pas tout dit, répondez-moi ! »

Frederick évita soudain notre regard, gêné par cette dernière question. Son mutisme le tiraillait, il y avait quelque chose qui le gênait comme s'il avait encore une confidence à faire, un autre secret à dire. Quand soudain, il reprit la parole :

« Je vous ai tout dit, je vous l'assure. Mais il y a une question que mon grand-père se posait, depuis toutes ces années. Il y a très longtemps, bien avant l'histoire de William et Sarah, un autre phénomène inexpliqué a eu lieu dans ces montagnes, concernant, d'après mon grand-père, ce parchemin. Deux Français étaient venus pour explorer les cols au bout de la vallée de Lutour. Ils étaient accompagnés d'un guide. Pour je ne sais quelle raison, ils n'ont jamais été retrouvés. Et pourtant, il n'y avait aucun danger apparent à ce moment-là. Le temps était magnifique et leur trajet plutôt facile, surtout accompagné d'un guide. D'après ce qui se dit, cette affaire serait l'œuvre des gardiens. Au XVIe siècle, quand les gardiens ont su pour le vol du parchemin, quelques-uns partirent à sa recherche et peu d'entre eux sont revenus vivants. Alors surtout, arrêtez de chercher plus loin. Écoutez-moi. Ce parchemin est source de malheur. »

Toute cette histoire était étrange. Une autre énigme venait s'ajouter à celle du parchemin. Jeanne et moi regardions Frederick, enfin apaisé d'avoir tout dit.

Avec un grand soulagement partagé, Jeanne lui dit :

« On vous remercie Frederick de nous avoir tout révélé. On ne vous embêtera plus avec nos questions. »

Quelque temps après, on repartait sur notre chemin. On traversa le gave sur une petite passerelle en bois. On pénétra dans une longue forêt au bord de laquelle le torrent se glissait et se baladait au milieu des mousses et des rochers. On sentait alors la forte odeur des sapins. Les rhododendrons tapissaient ce merveilleux tableau qui se dessinait à mesure que l'on s'enfonçait dans le bois. La légèreté de Jeanne enchantait ce doux décor. Elle me captivait par ce sourire enchanteur à chaque fois que je la désirais. Elle se retournait, observant si je la regardais ou non. Savoir de qui, de quoi, d'elle ou du paysage, me sublimait. Pour moi, tout était remarquable. J'étais heureux de ce tout. Être ici avec elle en ce moment, était un plaisir intense. Je n'aurais jamais pu imaginer mieux. Soudain, dans mes rêveries, le lac d'Estom se révéla derrière une moraine. Il raffina dans notre regard partagé le somptueux décor qui se livrait à nous. On continua notre chemin, curieux de voir ce qui se cachait plus loin. D'après la carte acquise par Georges, le sentier passait à droite du lac. On grimpa en lacets puis on continua sur un léger dénivelé. La forêt nous avait quittés. On traversait à travers de gros blocs granitiques. On pouvait voir derrière nous le lac qui s'éloignait à chaque foulée. On traversa ensuite sur les abords du lac de Labas. Éclairé par un furtif rayon du soleil caché derrière un gros nuage, le lac des Oulettes d'Estom Soubiran reflétait gracieusement les sommets qui l'entouraient. Plus loin, le lac Couy se révéla aussi dans ses plus beaux reflets, privilégiant le blanc des nuages à l'entourage de ces sommets encore couverts de neige. On continuait à grimper au milieu d'un désert de roche où seules quelques plantes subsistaient. Elles s'accrochaient timidement çà et là entre les débris. On poursuivait notre inlassable ascension dans ce désert granitique. Plus haut, le terrain accidenté stoppa notre entrain. On devait finir sans nos chevaux qui risquaient de chuter aux abords d'un étroit couloir. On décida de les laisser sur un large plateau et de poursuivre, dans ce désert de montagne, notre escalade. Le froid commençait à nous envahir. Je soutenais Jeanne pour éviter la chute. On arriva au lac Glacé. À la pointe du lac, la glace érodait inexorablement le pied de la montagne. Elle y glissait tous les jours et tout doucement, petit à petit, suivant le temps qu'il faisait. Le brouillard nous entoura. Main dans la main, je guidais Jeanne au milieu de cette bruine. On grimpait à flanc de montagne quand brusquement on s'arrêta. On était arrivés au col des Gentianes. Le brouillard nous entourait. Soudain, dans un léger coup de vent, un timide rayon de soleil apparut. Face à nous, toute la splendeur du site se révéla enfin. On pouvait voir alors la face nord du Vignemale, sa vallée, son glacier. Quel spectacle ! C'était merveilleux. Et elle me tenait toujours la main, la serrant fort à la vue de ce qui se cachait là. Je n'ai jamais pu ressentir quelque chose d'aussi fort, d'aussi intense, cette exaltation de plaisir. Je regardais Jeanne qui scrutait ce chef-d'œuvre de la nature. Cette forteresse de douceur où la vie est si mince au milieu de ce spectacle. Je la regardais. Et plus je la regardais scruter l'horizon, plus je l'aimais. Oui, je l'aimais.

On resta figé un bon moment devant ce merveilleux panorama, avant de repartir. La carte que m'avait donnée Georges respectait entièrement les lieux. Le guide qui l'avait mentionné ne s'était pas trompé. Ce belvédère marqué d'une flèche respectait entièrement la volonté de partager ce coin inoubliable. Quittant le col des Gentianes puis le lac Glacé, on récupéra en contrebas nos chevaux que nous avions laissés. On retraversa ensuite le lac Couy puis le lac des Oulettes d'Estom Soubiran, le lac de Labas. On arriva enfin au lac d'Estom. Que de souvenirs ! On rentra avant la nuit, éblouis encore par toute cette remarquable journée. La soirée fut de courte durée, nous étions exténués. Après le dîner, je traversai le couloir qui longeait la chambre. Je m'arrêtai un court instant, avec Jeanne, devant les deux tableaux. Ils n'avaient pas bougé. Ils étaient toujours là à attendre que je découvre leur secret.

« Je ne t'ai pas dit jeanne ?...

—Non.

—je me suis renseigné auprès de ton père au sujet de ces deux gravures, rien de concluant. Il les a bien achetés dans une foire à St Savin.

—Ne t'inquiète pas, Louis, me souffla à l'oreille Jeanne. Demain, tu vas revoir Adrien. Avec tout ce que tu sais déjà sur cette histoire, tu t'approches sûrement de la vérité. Adrien pourra peut-être encore te conseiller.

— Tu as raison. Demain, ce sont Adrien et Françoise que nous allons voir. Il y a encore une lueur d'espoir. Peut-être que lui arrivera à découvrir le détail que je n'ai pas su remarquer. »

La complicité de Jeanne me surprenait et me faisait du bien. Elle était là tous les jours à m'encourager dans mes recherches. Ce qui me surprenait le plus, c'est qu'elle avait cru à cette histoire le premier jour où j'avais osé lui raconter. Elle aurait pu me prendre pour un fabulateur ou un fou. Au contraire, elle m'avait écouté et fait confiance. À vrai dire, à mesure que cette histoire avançait, elle se posait autant de questions que moi. J'étais fier d'elle. Ses conseils me soutenaient vraiment. Je regardai une dernière fois les deux tableaux comme si j'allais enfin trouver cette mystérieuse énigme. Puis je partis me coucher avec une certaine monotonie, mais surtout des rêves plein la tête.

15. Le moine

On redescendait de Cauterets vers Saint-Savin avec l'espoir qu'Adrien puisse enfin répondre à toutes mes questions. Celles qui me tiraillaient sans cesse dans une obsession presque maladive. Je ne pouvais compter que sur lui, sur son savoir et ses connaissances historiques. Lui seul était à même de m'éclairer. On poursuivait notre route pour atteindre enfin le village. Je me rappelais partiellement le chemin à prendre. Quand, dès l'apparition de l'abbatiale, la mémoire m'était revenue.

« Tout droit, cocher, tout droit ! »

On serpentait sur cette route, celle-là même que j'avais sillonnée l'année précédente. Au travers des grands arbres, la demeure se découvrit enfin.

« C'est cette maison ! Arrêtez-vous là-bas ! »

Face à la maison, le cocher tira ardemment les rênes afin de stopper l'engin. Françoise, surprise par le bruit, sortit devant la bâtisse.

« Adrien ! Adrien ! Vite, viens voir qui nous rend visite ! »

J'aperçus alors Adrien qui sortait lui aussi, précipitamment.

« Louis ! C'est Louis ! Quelle surprise ! »

Dans une liesse commune, ils s'approchèrent pour nous accueillir.

« Quel bonheur, Louis, je suis si heureux de te revoir. Mais qui est donc cette jolie dame ?

— Cette jolie dame s'appelle Jeanne et elle est tout simplement ma compagne.

— Laissez-moi vous embrasser, Jeanne, et soyez la bienvenue. »

Françoise nous convia dans la demeure.

« Entrez, entrez donc ! Quelle surprise ! On ne s'attendait pas du tout à vous voir.

— La maison a bien changé depuis la dernière fois, et je trouve même qu'elle a pris un petit coup de jeune.

— Tu t'en souviens, Louis, me dit Adrien. La porte ne voulait même pas s'ouvrir à cause de la poussière accumulée depuis toutes ces années.

— Oui, je m'en souviens très bien. On avait poussé un bon moment cette fichue porte avant de pouvoir accéder à l'intérieur. Et comment va François ?

— Très bien, me dit Adrien. Il s'arrête de temps en temps quand il rentre de sa journée de chasse. L'autre jour, il nous a apporté un joli lièvre.

— Et vous, qu'est-ce qui vous amène ici, demanda Françoise.

— Nous descendions de Cauterets. Nous avons passé la journée d'hier à nous balader.

— Et quels endroits avez-vous visités ?
— Nous avons visité des lacs au-dessus de la Fruitière.
— Tu veux dire le lac d'Estom ? demanda curieusement Adrien
— Oui. En fait, nous avons traversé plusieurs lacs : le lac des Oulettes d'Estom Soubiran, le lac Couy, le lac Glacé, et on s'est arrêtés au Col des Gentianes.
— Magnifique ! Vous êtes montés là-haut ? Quel endroit superbe !
— Tu connais le col des Gentianes, Adrien ?
— Oui bien sûr, j'y suis monté... si je me rappelle bien... deux ou trois fois avec mon père.
— Mais ce n'est pas pour nous parler du Col des Gentianes que vous êtes venus nous voir ? », demanda Françoise.

Dans leur empathie, le couple avait remarqué notre état anxieux. Nous ne pouvions pas cacher notre angoisse. Alors, avec humilité, ils restèrent attentifs à ce que j'allais leur dire.

« Eh bien oui et non ! Je suis très heureux de vous revoir et de vous présenter à Jeanne, c'est sûr. Mais il y a eu depuis notre dernière rencontre tellement de choses incompréhensibles qui se sont passées, que cela vient aujourd'hui perturber nos retrouvailles. »

Dans un court silence, Adrien regarda Françoise. Curieux, ils se demandaient ce que nous voulions réellement.

« Eh bien, je t'écoute, Louis ! demanda Adrien. Pour quelle raison voulais-tu nous voir ? »

Pas rassuré, je pris une grande respiration qui apaisa mes incertitudes.

« Je vais tout vous raconter tout ce que je sais et comment je l'ai découvert.

— Raconte-nous, Louis, raconte-nous… »

Je leur révélai toute l'histoire de ma rencontre avec lui, jusqu'à celle avec Frederick, celle des deux tableaux, des cagots, de William et Sarah, tout ce que je savais sur le charnier du Lys, le moine et le parchemin. Infatigable, je lui exposais tout de peur d'oublier un détail. Tout, jusqu'à ce que Jeanne ne m'arrête.

« Louis ! Louis ! Arrête-toi, tu as tout dit ! »

Je repris alors ma respiration. Françoise, surprise par mon éloquence, me tendit un verre d'eau.

« Bois, Louis, bois ! »

Buvant mon verre d'eau, je regardais Adrien se tenir la tête. Je le trouvais abasourdi, comme envoûté par toutes mes révélations. Il tournait autour de la table, réfléchissait et chuchotait parfois. Il se posait toutes sortes de questions. Quand soudain, avec une certaine agitation, il nous dit :

« Mais alors, toute cette histoire est bien vraie !

— Que veux-tu dire, Adrien ?

— Les deux tableaux, tu me dis que l'un représentait un charnier et l'autre un moine, et qu'il manquait un tableau représentant, d'après ton beau-frère, le Vignemale… Attendez quelques minutes, je reviens tout de suite. »

Adrien partit furtivement dans la pièce d'à côté. J'étais pressé qu'il revienne. Mon histoire l'avait affecté, je le voyais bien. Il savait quelque chose. Quand soudain, il franchit la porte.

« Ce n'est pas ce que tu recherches, Louis ? »

Je ne pouvais pas le croire, c'était le tableau.

« Tu te rappelles cette toile sale, pleine de poussière, accrochée dans la pièce d'à côté ? Eh bien je l'ai fait restaurer, comme tu me l'avais conseillé ! Ça m'a coûté une petite fortune. Mais si ce tableau est celui que tu recherches, je pense ne pas regretter. »

Je ne le croyais pas. Après une petite expertise, j'étais formel. C'était bien le tableau que je cherchais, gravé d'une magnifique lithographie comme les deux autres. Il était là, juste sous mes yeux. Je n'en revenais pas. J'étais si heureux de le trouver enfin. Comme un enfant, j'exprimai ma joie avec ferveur.

« C'est bien lui ! C'est le tableau que je cherchais ! »

Jeanne, complice de cette fructueuse recherche, regardait avec enthousiasme le bonheur qui me submergeait.

« Ce n'est pas tout, Louis, me dit Adrien. Moi aussi, j'ai fait quelques recherches sur ce tableau. »

Dans mon épanouissement, j'écoutai avec la plus grande attention les révélations qu'Adrien allait me confier :

« Il paraît, d'après l'expertise du restaurateur, que ce dessin avait été gravé au XVe siècle. Cette gravure n'aurait pas moins de quatre cents ans. Les trois tableaux réunis doivent valoir une petite fortune. Magnifique n'est-ce pas ?

— Oui bien sûr, lui répondis-je. Mais l'argent ne m'intéresse pas.

— Il y a autre chose que je dois te montrer, Louis. Ça se trouve à l'arrière du tableau. C'est le restaurateur qui l'a découvert. »

Je retournai délicatement la gravure, curieux de ce qui pouvait s'y trouver à l'arrière. Je ne voyais rien d'intéressant. La toile était comme vierge.

« Il n'y a rien à voir !

— Regarde bien, me dit Adrien. »

Il avança alors légèrement le tableau d'une bougie qu'il venait tout juste d'allumer. Curieusement, à l'approche de la flamme, plein de traits et de gravures se révélaient spontanément.

« Ça fait des siècles que cette technique existe, me dit Adrien. L'auteur a gravé derrière la toile un texte avec du jus de citron. »

Ce procédé était vraiment ingénieux. La présence de chaleur à proximité faisait ressortir l'acidité contenue dans la toile. On pouvait alors y découvrir tout ce qui y était écrit. J'apercevais, à mesure qu'Adrien déplaçait la bougie, des mots et des lettres consciencieusement écrits.

« C'est du latin ?

— Oui, me certifia Adrien, ceci est bien du latin. Mais je n'ai pas pu encore le traduire, le texte qu'il contient semble trop confus. Je devrais plutôt l'expertiser en présence des deux autres tableaux. J'ai bien peur que ce qu'il nous révélerait aujourd'hui serait décevant et sans aucun intérêt. Ce que je peux dire pour l'instant, c'est que l'auteur de cette gravure est un moine.

— Un moine... mais comment peux-tu le savoir ?

— Seule une personne d'Église à cette époque était assez cultivée pour écrire du latin.

— Celui-ci s'est donné bien du mal pour dissimuler à l'arrière de son œuvre un texte.

— Tu as raison, Louis. Je pense que la vérité se trouve derrière les trois gravures.

— Il faudrait se retrouver, Adrien, pour les expertiser plus attentivement et les traduire. Voici ce que je vous propose : je vous invite tous les deux, samedi, chez nous à Tarbes. Vous y resterez le temps qu'il vous faudra. Comme ça, Adrien, tu pourras travailler sur les gravures. Et Jeanne et Françoise pourront profiter, si elles le souhaitent bien sûr, du charme de la ville et de tous ses commerces.

— Très bonne idée, Louis, ajouta Françoise. Comme ça, je pourrais dépenser les économies de mon cher mari ! »

Adrien répliqua ironiquement sur les brèves intentions de sa femme.

« Je sais que c'est une excellente idée, Louis. Mais suis-je obligé d'emmener Françoise ?

— Bien sûr, Adrien, que tu es obligé ! »

Je savourais cet enthousiasme qui régnait autour de ce tableau. J'étais comblé. Dans quelques jours, nous allions nous revoir. J'avais hâte de réunir les trois chefs-d'œuvre, espérant enfin arriver à éclaircir ce mystère.

J'étais soulagé d'avoir révélé cette histoire, ce fardeau qui m'avait littéralement absorbé ces derniers temps, ce poids que je pouvais désormais partager avec Adrien et Françoise. Je pus alors prendre mon temps avec Jeanne et profiter de la fin de journée avec mes amis. Il n'y avait que ça qui m'importait. Quel apaisement ! Après nous avoir montré les rénovations à l'extérieur de la bâtisse, Adrien nous accompagna à la gare.

De la vitre de mon wagon, j'interpelai une dernière fois Adrien.

« Nous repartons avec beaucoup de souvenirs et je suis tellement soulagé.

— Soulagé de quoi ? me rétorqua Adrien.

— De t'avoir tout raconté et d'avoir enfin trouvé ce fichu tableau.

— Tu as raison, Louis ! Sache que nous sommes maintenant liés par cette histoire.

— Oui, c'est vrai, mais sache aussi que nous ne sommes pas arrivés au bout de nos surprises... Au revoir, Adrien.

— Au revoir, Jeanne. Au revoir, Louis. À bientôt. »

Je savais qu'une autre énigme nous attendait au bout de ce chemin. De notre compartiment, on regardait Adrien esquisser un dernier au revoir de la main. La locomotive démarra, laissant s'échapper derrière elle sa vapeur de fumée sur le bord du quai. Dissimulée derrière le brouillard, la silhouette de mon ami se devinait, puis disparaissait discrètement.

16. La source

Sous le hall de la gare, assis sur un banc, j'attendais patiemment l'arrivée de mes amis. Quand, au loin, je vis la locomotive. Elle siffla une dernière fois, expulsant dans un dernier souffle sa vapeur. Au milieu de ce brouillard, les portes des wagons s'ouvrirent enfin. J'aperçus Françoise et Adrien qui descendaient les quelques marches qui les séparaient du quai. Sous son bras, avec embarras, Adrien portait difficilement un paquet, c'était le fameux tableau.

« Bonjour Louis, me dit Adrien avec enthousiasme. Ça me tardait de te revoir.

— Bonjour Adrien, bonjour Françoise, moi aussi j'étais impatient. La semaine m'a paru bien longue. Je suis très heureux de vous revoir. Je souhaite que cette journée soit la plus radieuse et la plus prometteuse possible.

— Bien sûr, Louis, mais ce qui est pour ainsi dire sûr, c'est que cette journée sera la plus captivante que l'on puisse rêver. Réunir trois chefs-d'œuvre qui datent du XVe siècle est, pour n'importe quel historien, le bonheur d'une fructueuse recherche, le Graal d'une carrière. Je désire tout autant que toi découvrir ce qui se cache derrière ces gravures. L'histoire de ces tableaux est exceptionnelle, non ?

— Tu as raison, Adrien. Mais avant tout, avez-vous fait bonne route ?

— Oui bien sûr, Louis, répondit Françoise. Mais où as-tu donc laissé Jeanne ?

— Elle est restée à l'appartement pour préparer votre venue. Vous allez découvrir notre logement. Vous verrez, il est un peu exigu, néanmoins il est très agréable.

— Ne t'inquiète pas, Louis. À Toulouse, avec Françoise, nous vivions dans un deux-pièces bien plus petit que tu ne puisses l'imaginer.

— Je ne sais même pas comment on a pu y vivre aussi longtemps, me révéla Françoise. »

On traversa la ville en calèche jusqu'à la place Maubourguet. On arpenta les marches de l'escalier pour terminer notre trajet sur le seuil de la porte. Jeanne nous attendait.

« Entrez, enfin, entrez ! Bonjour Françoise, bonjour Adrien.

— Bonjour Jeanne, nous sommes très contents de vous revoir, répliqua Adrien.

— Laissez vos affaires ici, Françoise. Adrien et Louis vont les ranger. J'ai juste toute la journée pour vous faire découvrir la ville, et je ne compte pas perdre une seconde.

— Quelle spontanéité, Jeanne ! Laissez-moi juste vous regarder ! Comme vous êtes belle ! Je vais dire au revoir à Adrien, lui voler son portefeuille, et après nous pourrons partir explorer la ville.

— Comment ? Voler mon portefeuille ? Tu ne vas tout de même pas me ruiner ?

— Mais si, mon cher mari. Tu sais, je ne suis tout de même pas venue pour rien ! »

Après l'insistance ironique de sa femme, Adrien cédait à la tentation pécuniaire de celle-ci.

« Tenez, Françoise, et surtout, Jeanne, surveillez ma femme car elle a un fâcheux excès de tentation à l'approche d'une grande boutique. »

Dans une atmosphère ironique, nous plaisantions de l'impétueuse franchise d'Adrien. Puis Jeanne rajouta avec une certaine taquinerie :

« Ne vous inquiétez pas, Adrien, je surveillerai Françoise sur toutes ces fâcheuses dérives. Vous êtes d'accord, Françoise ?

— Bien sûr, Jeanne, répliqua-t-elle modestement, avec un malicieux sourire qui en disait long sur ses intentions.

— Au revoir, et amusez-vous bien avec vos trois tableaux ! rajouta Jeanne en claquant la porte.

— Enfin, les voilà parties, me rétorqua Adrien impatient.

— Voyons maintenant nos trois chefs-d'œuvre réunis. »

Il prit les tableaux un par un et les posa avec une délicate attention sur une table. Il annonçait à chacun d'eux, avec une certaine émotion, les gravures dessinées.

« Le tout premier, c'est celle du moine. Stupéfiant ! Ensuite, c'est celle du Vignemale. Quelle merveille ! Et enfin le dernier, celle du charnier. Remarquable, vraiment remarquable ! »

Étalés sur la table, les tableaux rayonnaient dans une studieuse atmosphère. Nous étions en admiration, contemplatifs devant cette scène. De plus, nous connaissions une grande partie de leur histoire et pour cette raison bien particulière, nous étions encore plus touchés par le réalisme de ces trois œuvres.

Adrien me fit part de ses remarques sur leur chronologie.

« Louis, tu as raison, le premier tableau est bien la gravure du moine car celle-ci épouse trait pour trait les montagnes du deuxième tableau. Là où on peut voir au loin, entouré d'autres montagnes, le Vignemale, si on suit bien la ligne des montagnes… Regarde ici ! On peut voir qu'il continue à s'accorder avec la dernière gravure, celle du charnier. Les casques et les boucliers dessinés sont bien des armes de barbares normands. »

Je regardais Adrien, subjectif aux diverses représentations. Quand soudain, il me répondit :

« Ce qui me semble un peu confus, sur le tableau du Vignemale, c'est la raison pour laquelle cette montagne y est représentée. Bien sûr, elle a été peinte depuis le mont Monné, là où le charnier a été découvert, ce qui me semble normal. Mais pourquoi l'artiste a-t-il voulu le représenter si ce n'est pour parler d'autre chose ? Il aurait bien pu dessiner un cagot ou simplement le village de Saint-Savin. Pour quelle raison évidente a-t-il voulu représenter le Vignemale ? De plus, cette montagne ne se trouve pas dans l'axe de la vallée du Marcadau, là où le moine semble fuir pour aller chercher refuge. Mais elle ressemble plus à celle de la vallée de Lutour, là où tu as fait avec Jeanne ta dernière expédition.

— Tu as peut-être raison, Adrien, la toile principale est peut-être le Vignemale. Sur ces trois tableaux, notre regard se porte toujours sur ce que l'on ne connaît pas. Par exemple, là, le charnier et le moine sont mis en valeur et personne ne connaît leur véritable histoire à part nous. Notre regard est donc attiré sur l'histoire de ces deux scènes, laissant de côté le dessin le plus connu : le Vignemale. L'artiste espérait que cette toile se déprécie en faveur des deux autres.

— Mais pour quelle raison, Adrien ?

— Je ne sais pas, Louis, c'est là le mystère ! »

Adrien continua son expertise.

« Tout en respectant la chronologie, tournons dès à présent les trois tableaux. On peut voir que les toiles sont protégées avec le même procédé, du papier de cellulose. Ce système a commencé à apparaître, d'après les historiens, au Ve siècle voire au VIe siècle. Celui-ci est bien épais, quelques taches apparaissent, dues à la luminosité à laquelle il a été exposé. Voyons voir ce qui se trouve gravé derrière la toile du moine. »

Il retourna alors la toile et approcha une bougie. Soudain, à mesure qu'il déplaçait la bougie, des lettres apparaissaient comme par enchantement. Muni d'une plume et d'un cahier, je retranscrivais cette écriture qui apparaissait devant moi.

« Pour moi, ce latin, ce n'est que du charabia, Adrien.

— Je sais, Louis, continue d'écrire, c'est très important. »

Le premier tableau terminé, nous passâmes au deuxième, celui du Vignemale, puis à celui du charnier du Lys.

Tout de suite après la retranscription du dernier tableau, Adrien commença la traduction. J'écrivis alors sur une autre page les énoncés effectuée par Adrien. Derrière le tableau du moine, il était écrit : « In monte scriptas litteras suas celat. Sanctus Sabinus, in iter ambulat. » (Dans la montagne, ses écrits cacha. St Savin marchait sur le chemin).

« On peut dire que depuis le début, j'étais sur la bonne voie.

— Bien sûr, Louis, je n'ai jamais douté de toi. Regardons ce qui est écrit sur le deuxième tableau. »

Adrien tourna la page traduite du Vignemale. Il était écrit : « Sol occidit. Ex fonte dux, tibis ostendet. » (Le soleil se coucha. Le chef de la source te montrera).

Je regardais Adrien, espérant avoir une réponse sur ce que nous lisions. Mais je voyais qu'il était comme moi, ignorant, sans explication sur ce que nous apercevions. Il fallait continuer à lire les traductions. Sur la dernière page, qui correspondait au charnier du Lys, il était gravé : «Cura eam » (Protège-la).

« Ce n'est pas tout, Louis, regarde sur le dernier tableau. J'ai trouvé un dessin. »

Discrètement, en bas à droite, on pouvait distinguer une représentation. Cette image semblait évoquer un saint ou un moine.

« C'est saint Jacques, me dit Adrien, regarde autour de son cou. »

Effectivement, il portait, comme toutes les effigies de saint Jacques, un collier orné d'un gros coquillage.

« Aucun doute, c'est bien lui ! »

Adrien se focalisa avec obsession sur les détails de cette gravure.

« Il me semble avoir déjà vu cette image, semblable trait pour trait à cette effigie. Mais je n'arrive pas à savoir où. »

Quand subitement, dans un heureux soulagement, Adrien s'écria :

« Ça y est, je me souviens. C'est la même gravure qui se trouve sur les vitraux de l'abbatiale.

— Tu en es sûr ?

— Oui, c'est bien lui, trait pour trait. Qu'est-ce qu'il lui ressemble !

— Mais pourquoi saint Jacques ?

— C'est le guide de milliers de pèlerins, me dit Adrien. La relique vénérée de son tombeau situé dans la crypte de la cathédrale de Saint-Jacques-de-Compostelle en Espagne attire depuis des siècles des milliers de fidèles. Son pèlerinage est l'un des plus importants de la chrétienté, avec ceux de Jérusalem et de Rome. Les chemins de Saint-Jacques traversent toute l'Europe, en passant par les Pyrénées. Saint-Savin se situe sur l'un de ces chemins. De nombreux pèlerins s'arrêtaient à l'abbatiale pour se reposer, au moins une nuit. Ils reprenaient ensuite leur route vers Cauterets, le Marcadau, puis la Galice en Espagne. C'est le chef, Louis ! J'en suis sûr ! Écoute la traduction du Vignemale : " Le soleil se coucha. Le chef de la source te montrera ". C'est, comme je te le disais, la même gravure qui se trouve sur un vitrail de l'abbatiale, et la source qui est indiquée ici, je pense que ce n'est rien d'autre que le bénitier. Il faut partir tout de suite à Saint-Savin avant que le soleil ne se couche, Louis. Notre énigme se trouve à l'abbatiale, j'en suis convaincu. Écrit à Jeanne et Françoise. Dis-leur que nous partons précipitamment à Saint-Savin, et qu'elles nous rejoignent là-bas si elles le peuvent. Nous partons tout de suite, Louis. »

J'écrivis instantanément, sur un morceau de papier, les quelques lignes censées rassurer Jeanne et Françoise. Je préparai ensuite quelques affaires. Adrien s'occupa d'emballer les trois gravures.

17. Saint Jacques

Munis de nos chefs-d'œuvre quelque peu encombrants, on attendait patiemment sur le quai de la gare le train qui nous conduirait à Pierrefitte.

« Que comptes-tu trouver, Adrien, dans l'abbatiale ?

— Je n'en sais rien, Louis, tout est confus et évident à la fois : la source, le vitrail de saint Jacques. On verra sur place. »

Le train arriva enfin. Nous nous isolâmes dans un compartiment. Adrien ressassait l'énigme. Il était comme obnubilé par sa découverte.

« Le vitrail de saint Jacques doit nous guider sur quelque chose… Un endroit ou un objet, qui doit apparaître, d'après la traduction, au couchait du soleil surement le dernier rayon qui apparaitra dans l'abbatiale… À vrai dire, je ne sais pas vraiment ! Il ne doit être visible que depuis le bénitier, qui se trouve au sud, et le vitrail se trouve à l'ouest, là où le soleil se couche. Il me tarde d'arriver, Louis !

— Moi aussi, Adrien, moi aussi ! »

Une bonne heure plus tard, nous étions à Pierrefitte, encombrés des trois tableaux. Nous prenions la première calèche qui se présentait à nous.

« S'il vous plaît, cocher, amenez-nous à Saint-Savin !
— Je pense, Louis, que ta quête va se terminer et que la vérité se trouve sûrement au bout de cette route. »

J'étais impatient de connaître la fin de cette aventure, et triste à la fois de découvrir ce qui avait été dissimulé pendant des siècles, protégé par les cagots par des moyens parfois obscurs. Que pouvait-on cacher de si précieux ? Qu'est-ce qui attirait depuis des siècles autant de convoitises ? Tous ces prospecteurs disparus et toutes ces histoires légendaires qui s'appuyaient sur des faits réels, l'histoire du parchemin, celle des cagots, du moine, du charnier du Lys et maintenant celle de saint Jacques. Qu'allions-nous trouver dans l'abbatiale ? Adrien avait sûrement raison : la vérité se trouvait certainement au bout de ce chemin. Nous allions enfin savoir tout sur cette histoire et le fait de connaître la vérité me culpabilisait. Comme si j'étais devenu un vulgaire voleur, pilleur d'une fortune irrationnelle. Qu'allions-nous faire de cette histoire ? La dévoiler au grand public ou bien nous taire et la protéger comme l'avaient protégée les gardiens ? Je ne savais pas. Et Adrien aussi, j'en étais sûr, il ne savait pas non plus. Il aurait aimé découvrir quelque chose de fabuleux qui ferait de lui un historien reconnu par ses pairs. Il n'était pas orgueilleux. Ce n'était pas par prétention qu'il voulait connaître la vérité, mais plus par passion. Lui qui avait passé toute son enfance là, sans connaître véritablement ce lieu.

Dans la calèche qui nous menait à l'abbatiale, je regardais notre historien lire et relire les traductions, espérant trouver une autre énigme. Nous arrivions enfin au village, les tableaux à la main. Nous nous apprêtions à passer la grande porte de l'abbatiale quand brusquement un froid glacial s'installa. Nous nous apprêtions à souiller, par nos recherches, ce lieu divin. Je regardais instinctivement Adrien qui, comme moi, était terrifié.

Nous regardâmes alors le Christ sculpté au-dessus du grand porche. Il faisait mine de nous observer, espérant nous interdire l'accès. Mon hallucination s'estompa subitement quand Adrien m'interpella :

« Viens, Louis, c'est par là. »

Anxieux, on entra dans l'antre du sanctuaire afin d'observer de plus près le vitrail de saint Jacques. Comme l'avait annoncé Adrien, il était bien là, sur la face ouest de l'abbatiale. Il semblait être le guide au milieu de ces montagnes, observant le moindre passage à franchir. Il montrait de son index le chemin à prendre. Derrière lui, un discret coucher de soleil apparaissait, gravé derrière des sommets qui magnifiaient tout cet ensemble.

« Nous allons devoir patienter un peu, Louis. Comme dit la traduction : *quand le soleil se couchera.* »

Je restai assis à proximité du bénitier. Adrien, lui, cherchait toujours une possible nouvelle énigme, un signe mystérieux ou une cachette secrète. Il explorait l'église, espérant assouvir sa ténacité. Mais cette recherche infructueuse et non prolifique finit par l'ennuyer terriblement. Après une dernière prospection, il s'assit, désœuvré, sur le banc à côté de moi. Les heures passèrent dans une attente lassante. Je regardais Adrien. Le sommeil commençait à le prendre. Il ne fallait pas que je le suive dans son assoupissement. Quand soudain, je me réveillai en sursaut. Je ne m'étais pas rendu compte que je m'étais endormi aussi.

« Adrien, Adrien, réveille-toi, c'est bientôt le grand moment. »

Dans un laborieux effort, Adrien se réveilla enfin. Quelques instants plus tard, il observait depuis le bénitier la lumière qui se déployait. Elle traversait le vitrail et longeait instinctivement le chœur de l'abbatiale. L'attente fut de courte durée quand brièvement, au pied de l'autel de l'église, un dernier rayon de soleil éclaira une dernière fois le sol. Il s'était posé sur une vieille dalle. La tombe de saint Savin ? Le gardien de ce lieu ne pouvait être que lui ! Mais bien sûr, au pied du sarcophage, comment n'y avais-je pas pensé...

« Louis, Louis ! Regarde la lumière ! Elle nous montre l'endroit où il faut chercher. »

On avança instantanément, là où le dernier rayon s'était posé. On ne trouvait que de vieilles dalles. Rien de particulier ne retenait notre attention.

Soudain, Adrien essaya de retirer l'une d'entre elles.

« Mais que fais-tu ?

— Il doit y avoir quelque chose sous cette dalle ! J'essaye de la sortir. Après, on verra ! »

Il gratta alors la terre qui servait de joint, jusqu'à ce que celle-ci commence à bouger pour se désolidariser ensuite des autres.

« Retire-la, Adrien ! Retire-la ! »

Dans notre enthousiasme, on découvrit, cachées dessous la première dalle, des planches longilignes. Adrien en enleva une deuxième, puis une autre jusqu'à ce qu'un ensemble se dégage.

« Une trappe ! Regarde, Louis ! Je te l'avais dit, il y a quelque chose là-dessous !

— Tu avais raison, Adrien, tu avais raison ! »

Adrien prit alors un long bougeoir installé à proximité et s'en servit de levier pour décoller les quatre planches qui résistaient à sa vive ténacité. La première se décolla, puis la deuxième, la troisième, et enfin la quatrième révéla dans l'obscurité un vieil escalier. Celui-ci semblait descendre sous le chœur de l'église.

« Regarde, Adrien ! Il y a bien longtemps que cet endroit n'a pas été visité. Des araignées et des bestioles en tous genres y ont pris domicile. »

Munis de bougies, on découvrait dans l'obscurité le vieil escalier qui se faufilait entre les murs de l'abbatiale. Tout le long, des torches y étaient installées afin d'éclairer les lieux. Je m'empressais de les allumer une à une. Arrivé à la dernière marche, dans la surprise, une grande salle se déployait. Aucune sortie ne se découvrait. Seule, au centre, coulait une petite source d'eau chaude. Elle traversait et s'infiltrait sous un grand mur.

« On y est, Adrien, j'en suis sûr, on a découvert le secret ! La source ! C'était la source !

— Non, Louis, ce n'est pas la source.

— Que veux-tu dire ?

— Il y a autre chose, j'en suis sûr. La source n'est qu'une énigme parmi d'autres. Que fais-tu du dernier message écrit sur le dernier tableau : « Protège-la ». Tu ne trouves pas curieux que les gardiens se soient donné autant de mal pour protéger ce site ? Regarde, il n'y a qu'une source d'eau chaude. Tout cela n'a pas de sens, il y a sûrement autre chose à découvrir ici. »

Adrien entreprit alors une minutieuse recherche. Il cherchait une énigme, un signe, une gravure, un symbole, mais rien ne s'y trouvait. Alors, il s'assit à côté de moi sur la dernière marche du vieil escalier. Face à la source, il ressassait et ressassait toutes ces énigmes, les dessins des trois gravures, le texte gravé en latin, les gardiens et les cagots, et même l'histoire racontée par Frederick l'aubergiste sur les explorateurs qui s'étaient perdus au fond de la vallée de Lutour.

« Oui, les explorateurs, se remémora Adrien. Ceux qui ont disparu vers le Col des Gentianes étaient comme nous à la recherche d'un mystérieux secret et pour quelle raison les gardiens ne se manifestaient pas… Nous sommes presque au but, nous aussi, de nos recherches. Ils pourraient nous empêcher de découvrir la suite. »

Soudain, une voix familière se révéla dans un écho impromptu.

« Non, ce n'est pas la fin de cette histoire, Adrien. »

La voix venait de je ne sais où. Une courte étude des lieux dirigea mon regard en haut du grand escalier. Dans une surprise commune, le père de Georges dominait la grande salle. Il descendait une par une les marches qui nous séparaient de lui. Adrien me regardait, stupéfait. Je me levai, surpris par sa troublante intervention.

« Assieds-toi, Louis, assieds-toi !
— Mais que faites-vous ici ?
— Je vais vous raconter une histoire. »

Le père de Georges s'assit alors entre Adrien et moi pour que l'on écoute plus attentivement son récit.

« Il y a bien longtemps que je suis en train de me poser la question : quand vais-je leur dire ?
— Leur dire quoi ? Répondez ! demanda Adrien
— Oh ! Toi, Adrien, tu étais le plus à même de connaître la vérité. Tu étais le plus proche de découvrir tout ça.
— Découvrir quoi ? Et quelle vérité ?
— Te souviens-tu, quand tu étais petit, tu t'arrêtais souvent avec ton père dans un hôtel de Cauterets.
— Oui, c'est vrai.
— Je suis le propriétaire de cet hôtel. Après y avoir passer la nuit, ton père t'emmenait en excursion au col des Gentianes. Réfléchis bien ! »

Adrien resta stupéfié par toutes ces révélations. Il était comme assommé par le récit de cet homme.

« Je me souviens, oui, je n'étais qu'un enfant. Je devais avoir tout juste sept ou huit ans. Nous montions tous les deux au col des Gentianes. Après avoir passé une nuit à l'hôtel, on s'était arrêtés quelques instants chez Frederick afin de boire un verre de lait chaud. Ensuite, on avait continué notre ascension dans la vallée de Lutour. On avait traversé tous les lacs. Puis on s'était posés tous les deux pendant des heures et des heures face au pic du Vignemale.

— C'est tout, répondit le père de Georges. Allons, Adrien, il y a autre chose, cherche bien.

— Non, juste une sorte de grosse flaque d'eau qui se trouvait en contrebas. Mon père, je m'en souviens, insista pour que je m'en souvienne. Elle était située entre deux gros rochers.

— C'est bien ça, répondit le père de Georges.

— Comment ça ?

— Cette flaque d'eau n'est pas une flaque ordinaire, et ton père, ce jour-là, ne t'a pas emmené par hasard.

— Que voulez-vous dire ?

— Ton père était un gardien, comme ton grand-père. »

Adrien resta figé, comme anéanti par cette nouvelle. Il comprenait mieux alors, tout se révéla comme une évidence.

« C'est pour cette raison que mon grand-père se disputait souvent avec ma grand-mère au sujet de ce tableau, et c'est pourquoi, aussi, il n'a jamais voulu réellement le restaurer.

— Il voulait simplement que ce soit toi qui le restaures. Justement pour que tu découvres un jour le secret. Même ta grand-mère n'était pas au courant.

— Mais comment savez-vous tout ça ?

— Ton père et ton grand-père, je les connaissais depuis très longtemps, comme tes parents et arrière-grands-parents connaissaient les miens. Ils protégeaient tous le même secret, révélé de génération en génération. Ma famille et ta famille étaient les gardiens de la source, descendants de cagots. Ils l'ont protégée depuis des siècles, parfois par le sang et les armes.

— Les époux Pattison avaient raison alors ?

— Oui, s'ils ne s'étaient pas noyés, ils auraient sûrement découvert la vérité.

— Vous voulez dire que leur mort est l'œuvre des gardiens ?

— L'aubergiste qui posa la pierre au fond de la barque pour empêcher que la dame se mouille les pieds était complice du méfait. En déposant cette pierre, il était sûr que la barque finirait par se retourner.

— Et l'expédition qui a disparu dans la vallée de Lutour ?

— À l'époque, le guide qui les accompagnait envoya toute l'expédition vers le bord d'une falaise. Désorientés dans le brouillard, ils s'écrasèrent cinquante mètres en contrebas.

— Pourquoi nous dire tout ça ?

— Il ne reste plus que moi, je suis le dernier gardien.

— Et vos enfants sont-ils au courant de toute cette histoire ?

— Non, Georges et Jeanne ne le sont pas encore. Je voulais seulement attendre le bon moment pour leur annoncer. Je veux simplement vous transmettre à tous cet héritage pour que vous la protégiez à votre tour.

— Mais protéger quoi ?

— La source, la source... répliqua le père de Georges.

— Tout ça pour une source...
— Pas n'importe quelle source... Pas n'importe quelle source... »

18. Octobre 1930

Les années ont passé. Le temps des calèches est révolu. C'est dans des automobiles que les curistes se rendent à Cauterets. La vie matérielle et humaine a considérablement évolué. Tout va plus vite, on profite de moins en moins de tous ces grands espaces comme autrefois. Il n'y a plus rien d'exceptionnel à gravir le Vignemale, comme tous les grands sommets pyrénéens. On laisse simplement à l'Homme une part d'histoire. Ces histoires que, dans les futures générations, on oubliera sûrement. Je regarde défiler, dans une certaine lassitude, le paysage que je prenais le temps de contempler jadis. Je pense souvent à toute cette aventure, mes rêves parfois ravivent cette fabuleuse histoire. Adrien vivait toujours à Saint-Savin. Il gardait le secret de la source comme ses aïeuls avant lui. Toute cette histoire reposait sur cette source que nous avions largement étudiée, Adrien et moi. Curieusement, il était géologiquement impossible qu'une source d'eau chaude puisse jaillir à cette altitude. Phénomène ou sortilège ? À vrai dire, je veux bien garder le secret. De toute façon, rien, non rien de toute cette histoire ne pouvait susciter le désir de revivre la merveilleuse journée passée avec Jeanne, là-haut, sur le col des Gentianes. J'y pense tous les jours et je m'en souviens comme si c'était hier. Malheureusement, Jeanne n'est plus là. Elle a succombé, il y a quelques années, à une maladie incurable. Je ne m'en suis jamais réellement remis. De notre amour, deux enfants sont nés : Simon et Élise. Ils s'occupent de l'hôtel à présent. Georges a disparu pendant la Grande Guerre. On supposa, dans un premier temps, qu'il avait perdu la vie dans les Ardennes ou dans la Mayenne, jusqu'à ce qu'un homme, lui ressemblant, fût aperçu près des grottes du Vignemale. Ce jour-là, un escadron de gendarmerie fut aussitôt dépêché pour retrouver et fusiller le prétendu déserteur. Je me souviens du père de Georges, me suppliant, de peur que ce soit son fils, de retrouver cet homme avant les gendarmes. Je l'ai cherché partout dans la montagne. Les grottes, les forêts, j'avais tout fouillé. J'avouais à son père, quelques semaines après, l'échec de mes recherches et le sentiment que j'en avais. Un soir, je rentrais à l'hôtel, ses parents avaient curieusement disparu eux aussi. Quelques jours après, les clefs de l'hôtel et une enveloppe à mon nom étaient déposées sur le bureau de l'hôtel par un soi-disant guide. Il était mentionné : «Cura eam» (Protège-la).

Il ne reste plus que moi au milieu de ce paysage que j'aime tant, et pourtant, j'en ai vu des endroits au milieu de ces montagnes, ascensionnant les plus hauts sommets pyrénéens. Mais jamais je n'ai trouvé un endroit aussi exceptionnel que le col des Gentianes, cet endroit unique. Je me rappelle la main de Jeanne tenant la mienne, ce regard que j'ai tant aimé et qui me manque tant. Et je suis là, de nouveau, au milieu de ce décor inchangé, toujours aussi beau et magique à la fois, quand soudain un flocon léger et soyeux vient se poser sur ma main. Alors je reste là, seul, immobile, sentant la dernière brise du vent. Ce vent qui souffle souvent sur le col. Je contemple alors une dernière fois toute la vallée qui se couvre de neige. Je regarde les deux rochers adossés à la source. Sous mes yeux, qui doucement se referment, j'admire inexorablement cette montagne et tout ce paysage se couvrir d'un linceul blanc. Je sens alors de nouveau cette main qui tient la mienne, et je contemple ce doux regard que je n'ai jamais oublié.

Dans la tempête, sur le Col des Gentianes, le vieil homme allongé dans la fraîcheur de la neige ne se releva plus. Tout autour de lui, des ombres se découvraient petit à petit. Elles ressemblaient à des soldats ou des guerriers d'un autre temps. Ils sortaient, comme trempés, derrière deux gros rochers qui se trouvaient en contrebas, comme si ces hommes avaient toujours été là, au milieu de ces montagnes. Les cagots s'étaient réunis pour venir chercher la dépouille de leur guide, couverte de neige. Ils l'emportaient avec eux, on ne sait où, peut-être dans une autre vallée.

Depuis des siècles, dans le chœur de l'abbatiale, le sarcophage de *Sancti Savini* (saint Savin) cachait une vieille légende. Un fameux parchemin attendait là, blotti dans les mains de celui qui protège une histoire, celle d'une prétendue source perdue au milieu de ces belles montagnes.

Note de l'auteur

Il y a un an que j'ai commencé à écrire ce livre, ne sachant pas vraiment où j'allais le finir. Je partais dans cette aventure un peu comme Louis se prenant pour ce marin désirant prendre le large. J'avais envie de voyager, de grimper tout là-haut dans ces montagnes que je connais si bien. Les mesures mises en place à cette époque — le confinement dû à la pandémie de Covid-19 — empêchaient toute sortie de mon logement à plus d'un kilomètre. Ces jours d'isolement, je rêvais de liberté. Et l'écriture a été pour moi, dans cette période anxiogène, une bonne thérapie. Je pensais alors à Cauterets, et à cette envie de marcher encore et encore au milieu de ces belles montagnes. Je me suis promis de finir ce livre sans aucune ambition littéraire, simplement pour partager cette aventure avec vous. J'écrivais alors tous les jours, enrichissant de quelques mots ou de quelques phrases cette aventure. Quelques mois après, je comprenais que je l'avais presque fini, et que, bêtement, je ne savais toujours pas dans quelle classe littéraire ce livre pouvait se trouver. Alors que j'avais déjà lu des livres similaires, qui racontaient une histoire tirée de faits réels, inventés ou arrangés. J'en ai déduit que le classement de ce livre évoquait un livre de fiction historique. Les livres de Dan Brown sont de bons exemples, bien que ce soit mon auteur préféré. Je ne pense pas que mon livre ait autant de succès que les siens. J'espère que cette histoire vous plaira quand même et qu'elle vous transportera vous aussi vers ces belles montagnes.

Dans ce livre, je voulais vous aiguiller et relater les faits réels ou non qui y sont transcrits. Pour que le lecteur puisse plus facilement se glisser dans cette histoire, qu'il sache le vrai du faux. C'est pourquoi, je vous mentionne ci-dessous les faits qui m'ont paru importants de vous signaler.

La légende de Millaris est une légende pyrénéenne. On peut apercevoir, sur les hauteurs du village de Lesponne (Hautes-Pyrénées), la tombe où Millaris aurait été enterré. Une croix en pierre sculptée, ornée d'un visage, y est apposée (la croix de Béliou). Cette effigie n'a pu être datée et relève d'un des plus emblématiques mystères de cette vallée.

L'origine des cagots est imagée et enjolivée. Ces populations ont existé réellement, mais aujourd'hui, les historiens n'ont pas pu prouver leur provenance et leur identité réelle. Leur mystère reste encore de nos jours une énigme.

Il n'y a pas eu de parchemin à Saint-Savin, qui protège une source. Enfin pas que je sache.

Le couple Pattison a bien existé et la thèse de leur noyade au lac de Gaube est encore une énigme. Plusieurs témoignages ont été publiés, dont celui de Juliette Drouet, mentionné dans son carnet de voyage durant l'été 1843.

Le monument du lac de Gaube a été détruit, San aucune raison en 1943 par les troupes d'occupation allemande.

Dans mes recherches, je ne sais pas si William Henry Pattison et Sarah Frances sont allés dormir à l'hôtel de la Fruitière.

Le charnier du Lys est aussi une vraie légende. Lire dans le *Guide des Pyrénées mystérieuses*, la légende formulée par Bernard Duhourcau (Tchou, Les guides noirs, Paris, 2001, p. 292) qui parle de conflit avec la vallée d'Aspe (vallée voisine) et non d'invasion normande.

Enfin, la gare de Marciac n'a jamais existé. Ce détail mentionné dans mon livre est le fruit de mon imagination et aussi la réalisation éphémère d'un ancien projet de la Compagnie des chemins de fer du Midi. Car un embranchement reliant la gare de Castelnau rivière- basse à Miélan devait passer par Marciac. Cette réalisation fut abandonnée, suite au retard et au surcoût des travaux. La gare la plus proche du village de Pallanne en 1880 était celle de Laas. La ligne de chemin de fer créée en 1869 permettait de relier Agen à Tarbes. Elle traversait la plaine du petit village de Laas par un viaduc long de 287 mètres. Cet édifice créé par Gustave Effel[48] fut malheureusement détruit en 1969.

(Sources : mairie de Laas et procès-verbal délibérations Auch 1883 *« chemin de fer à la voie étroite de Miélan Castelnau rivière- basse »* p. 34)

Tous les autres lieux mentionnés dans ce livre existent.
Le Col des Gentianes est un site exceptionnel.

Avertissement

Cet ouvrage n'est pas un guide pyrénéen. Si vous envisagez de vous promener dans les endroits mentionnés dans ce livre, munissez-vous d'une carte et respectez les consignes de sécurité mentionnées dans les guides en vente dans les librairies.

Bibliographie

DUHOURCAU Bernard, « Les voix du gouffre », *Guide des Pyrénées mystérieuses*, Paris, Éditions Tchou, « Les Guides noirs », 2001, p. 292

Cordier Eugène, « Le pasteur de 909 ans », *Les légendes des Hautes Pyrénées*, imprimerie Cazenave 1855, p.10

Braylens Camille, présentation Marie Paule Mengelle, *Cauterets,* collection Flocon des Pyrénées, Editions Monhélios ,2017

Société des amis du Musée pyrénéen de Lourdes, « Pyrénées » n19, Juliette Drouet, *Aux Pyrénées,* annoté par Pierre de Gorsse, Editeur Société des amis du musée pyrénéen 1954, p.148, p.149

JB Laffon et JF Soulet, *Histoire de Tarbes*, 2e éditions, Horvath-Roanne achevé d'imprimer le 17 mai 1982

Richard, « *Guide Aux Pyrénées* »,6e édition, éditeur des guides Richard et AD Joanne 1855

Jean Pierre Bove préface de Jean François Soulet, *Tarbes pas à pas*, édition Horvath, achevé d'imprimer mai 1987

JH Abbadie, « Vie de St Savin » suivi de détails archéologiques et l'histoire sur, L'église et le monastère de St Savin, Tarbes TH Telmon imprimeur libraire 1861 p.8, p.9

Michel Favre, *Le mystère des Cagots*, « *race* maudite des Pyrénées », édition MCT 1987

Mayoux Philippe, *Bagnères de Bigorre*, « Histoire d'une ville thermale », édition Alan Sutton 2002

René Flurin avec la collaboration de François Boyrie préface de Jacques Songué, *Histoire de Cauterets*, « des origines à nos jours », éditions Créer 2006

Lexique

1. Henri Russell : conte Russell Killough (1834 à 1909) pyrénéiste renommé, il acquit la concession du Vignemale pour un bail de 90 ans, il fit creuser 7 grottes. Il est aussi l'auteur d'un livre « Souvenirs d'un Montagnard ».
2. Charles Packe : alpiniste et pyrénéiste anglais né le 22 août 1826 en Angleterre et mort le 16 juillet 1896.
3. Vignemale : sommet pyrénéen situé à la frontière franco espagnole, il culmine à 3 298 mètres.
4. Le Balaïtous : massif de montagne de la chaîne des Pyrénées à cheval entre la frontière espagnole et française, il culmine à 3 144 mètres.
5. Le Pic du Midi d'Ossau : sommet de 2884 m d'altitude situé dans les Pyrénées Atlantiques.
6. Aragonaise : l'Aragon communauté provinciale du nord-est de l'Espagne comprennent les provinces de Huesca, Saragosse et Teruel.
7. Pic du Midi des Pyrénées : pic pyrénéen de 2876 m d'altitude situé dans les Hautes Pyrénées.
8. Montaigu : pic pyrénéen de 2339 m.
9. Hussard : militaire de la cavalerie légère.
10. Placide Massey : né à Tarbes en 1777, il devient en 1808 directeur du Jardin des plantes, du Trianon et d'autres jardins. Mort en 1853, il légua à la ville de Tarbes un

immense jardin avec en son centre sa maison dominée par une tour, belvédère sur les Pyrénées.
11. Pierrefitte - Nestalas : commune française située dans le département des Hautes Pyrénées.
12. Cauterets : commune française située dans le département des Hautes-Pyrénées. Station thermale et station de ski.
13. Arsenaliste : ouvrier qui travaille dans un arsenal, bâtiment industriel militaire, où le matériel de guerre est construit et réparé.
14. Argeles - Gazost : commune française située dans le département des Hautes-Pyrénées.
15. Daguerréotype : dispositif photographique qui fixe l'image sur des plaques de cuivre.
16. Ligugé : commune de la Vienne où le premier monastère français y fut construit en l'an 361.
17. Anachorétique : relatif à anachorète, personne qui s'est retirée de la société pour des raisons religieuses.
18. Pouey-Aspé : Lieu où Saint-Savin a vécu 13 ans en ermite.
19. Bénédictin : ordre religieux fondé en l'an 529 dont la vocation propre de l'ordre est principalement consacrée de la liturgie*, du travail et de l'esprit.
    *Liturgie : ensemble des règles monastiques développant des actes de
    Culte de prières et de chants.
20. Béarn : partie orientale du département des Pyrénées Atlantiques.
21. Lavedan : région montagneuse des Hautes-Pyrénées constituée de sept
    vallées, située en amont de la ville de Lourdes.

22. Saint-Orens : Monastère qui se situe non loin du village de Villelongue, Hautes-Pyrénées. Il ne subsiste, malheureusement, sur le site plus que les ruines.
23. Saint-Sever-de-Rustan : commune française située au nord du département des Hautes-Pyrénées, limitrophe du département du Gers.
24. Atrium : pièce principale d'une villa romaine avec une ouverture au centre pour récupérer les eaux de pluie.
25. Caille : petit oiseau migrateur
26. Clément Latour : Guide de montagne renommé, accompagna les plus grands pyrénéistes sur les plus les hauts sommets pyrénéens
27. Omnibus : véhicule de transport tiré par des chevaux. Utilisé pour transportait une dizaine de voyageurs.
28. Patois : dialecte local, utilisé par les habitants de certaines régions. Dans ce livre, les dialogues sont en occitan.
29. Henri et Hippolyte Passet : guides renommés de hautes montagnes.
30. Cromlech : monument mégalithique formé de menhirs. En vieux gallois (pierre plate placée en courbe).
31. Officier géodésien : militaire français chargé d'effectuer des relevés topographiques en vue de dresser des cartes.
32. Veine : filon de roche. Roche recoupée de couches de nature différente.
33. Comté d'Essex : conté du royaume uni situé au nord-est de la ville de Londres.

34. Juliette Drouet : (1806 à 1883) actrice française et compagne de Victor Hugo. Durant l'été 1843, elle accompagne l'écrivain dans les Pyrénées.
35. Moraine : amas de débris rocheux transporté par les glaciers.
36. Abri de bois : (escouta) abri de bois mobile où le berger peut dormir.
37. Cirque : chaîne de montagnes semi-circulaire façonnée par les glaciers.
38. Cairn : monticule de pierres édifiées par des explorateurs indiquant un passage.
39. Aconit : l'Aconit Napel fleur violette qui pousse à des hauteurs de 700 à 2300 m.
40. Célestin Passet : (1845-1917) guide renommé. Il accompagna les plus grands pyrénéistes sur les plus hauts sommets Pyrénéens.
41. Pinacle : cône architectural se trouvant au sommet d'une tour.
42. Pyrénéiste : le terme pyrénéisme a été employé pour regrouper les explorateurs des Pyrénées (savants, écrivains, grimpeur, guide) qui ont participé à la connaissance du massif pyrénéens ou à la conquête de leurs sommets.
43. Guerre : déclaré par la France en 1870 contre la Prusse qui reçut aussitôt l'appui de l'état allemand. La chute du second empire survins après la défaite de l'alsace et de la Lorenne en 1871.
44. Catarrhes : inflammation.
45. Dartres : tache cutanée se trouvant souvent sur le visage.
46. Affections lymphatiques : les affections se trouvent dans le liquide où baigne les cellules.

47. Gentiane : fleur de montagne vivent entre 1600 à 2600 m d'altitude.
48. Gustave Eiffel : (1832-1923) ingénieur et industriel français, qui a participé à la construction de la tour Eiffel à Paris, au viaduc de Garabit et à la statue de la liberté à New York.

Remerciements

Merci à ma famille ainsi qu'à tous mes amis.
Que de joies et de souvenirs partagés !

Table des matières

Prologue 9
Trente-cinq ans plus tôt ....
1. Pallanne 1880 15
2. Le départ 19
3. La rencontre 23
4. Saint-Savin 31
5. Cauterets juillet 1881 51
6. La cascade du Pas de l'Ours 65
7. Le lac de Gaube 69
8. Le Marcadau 79
9. Les révélations 91
10. Le lac Bleu 97
11. Flânerie 109
12. Repas campagnard 113
13. Le retour 117
14. La Fruitière 125
15. Le moine 143

16. La source	151
17. Saint Jacques	159
18. Octobre 1930	169
Note de l'auteur	173
Avertissement	177
Bibliographie	179
Lexique	181
Remerciements	187